那些散落的星星

WHEN STARS ARE SCATTERED

維多莉亞・傑米森、歐馬・穆罕默德 著

黃意然 譯

獻給離開自己所愛
而去幫助他人的各國工作人員。

——O.M.

獻給赫敏尼歐與奧斯卡，
我的全世界。

——V.J.

本書是根據真實事件改編而成的小說，映現了作者對於過去經歷的回憶。部分姓名和人物經過改造或虛構，部分情節也經過簡化，對話亦重新創作過。

第一部

對我而言，前幾年像是
迷失了一般。

如今待在這樣擁擠的地方，
我擔心我們永遠不會被找到。

我沒看到她，
哈珊。
呼唷。

來吧，時間晚了，
我們該回家了。

我們遠離大路，儘量避開麻煩。
UNHCR
快點，
哈珊。

此時，我們正好位在 A3 區的中間，而我和哈珊是住在 A2 區。這麼說吧，單獨待在另一區並不是個好主意。上星期，一群孩子就是這樣搶走了我們的鞋子和褲子。

一回到 A2 區，我就鬆了一口氣。在我們這區，所有人都認識我和我弟弟，沒有人會來找我們麻煩。

UNHCR
The UN Refugee Agency

跟哈珊走在一起有時會花點時間，他會停下來向我們遇見的每個鄰居打招呼。

Galab wanaagsan（午安）！
握手
Salaam alaykum（祝你平安）！

要是看到有人在推獨輪車，他很樂意幫忙。

他向拉車的驢子打招呼。

他採集果實給附近所有的山羊吃。

等我們到家時已經將近晚上了。法圖瑪不喜歡我們天黑了還到處走。
我和哈珊住在這兒。
法圖瑪就住在小路對面。她有點像是我們的養母，負責照看我們，確保我們平安無事。
Alhamdulillah（感謝真主）！你們回來了，我開始擔心了呢！

過來，我的小心肝。
那是法圖瑪為哈珊取的暱稱。因為他的頭髮往內長，臉看起來就像心形。
這暱稱取得不是沒有道理，因為法圖瑪真的很愛哈珊。

歐馬，你也過來，
我的大男孩！
好吧，她真的很愛
我們**兩個**。
今晚我們沒有東西可以吃，所以
我和哈珊直接回去睡覺。
我和哈珊睡在我們自己的帳篷裡。畢竟法圖瑪不是我們的**親生**母親，
所以我們還是被分配到不同的帳篷。
攤開
哈珊睡得並不好，我也是。通常我會說些索馬利亞家鄉的故事幫助我們兩個入睡。

可是我仍然從噩夢中驚醒。
爸爸！
從周遭的聲音來判斷，做噩夢的不只我一個人。
穆妮拉！
阿曼！
不要！
住手！

第一章

我和弟弟住在這裡——非洲肯亞的難民營。
營地的名稱是達達阿布。
我們不是在這裡出生的，我和哈珊出生在索馬利亞。這裡有些人來自衣索比亞、蘇丹，或非洲其他地方，不過我們全都有個共同點：因為擔心自己的性命安危而不得不離鄉背井。
住在這裡的某些人希望自己能被送到美國、加拿大，或其他地方生活，但我不這麼想。我只希望索馬利亞的戰爭結束，讓我們能夠回家。媽媽會在那裡找到我們。

達達阿布占地很廣，實際上是由三處不同的營地所組成。你可以搭公車從這個營地到另一個，或者也可以花四個小時左右的時間用走的。其中一個營地叫哈加德拉，是以大樹命名。另一個是達伽哈萊，名字的由來是……我不曉得。
我住在伊福營地，翻成英文大概是「光之城」。
不過別被這個名字給騙了，我們這裡並沒有電。
經過這麼多年，這麼多人住在這裡，伊福更像是一座城市，而不像營地。我們有市場、學校、清真寺，以及一所醫院……應有盡有。

難民營原本是一個在可以安全回家前暫住的居所，不過，我想沒有人預料到戰爭會持續那麼久，因為我和哈珊已經待在這裡七年了。

生活在難民營裡有很多缺點。這裡沒有充足的食物，我和哈珊總是挨餓，而且這裡**很熱**。不過對我來說，住在難民營裡最難熬的是……**無聊得要命**。每天的生活基本上都一樣！

每天晨禮過後，我要做的第一件事就是取水，這可能要花上**好幾個小時**。因為只有一個水龍頭，而且每天只開放幾個小時，所以隊伍總是排得很長。

取完水後，我會打掃帳篷，並確保所有值錢的物品都藏好。

然後我和哈珊會去法圖瑪的帳篷。她會泡茶給我們喝，要是有東西吃，我們就一起吃。

我四處打聽，幫你和哈珊又找了一條褲子，不過鞋子恐怕得再等一陣子了。

哇，
法圖瑪，
謝謝你！

老實說，哈珊寧可不穿褲子。
把、它、
穿、上！
噗噗噗噗！

嗨，歐馬！
喔，嘿，
傑瑞。

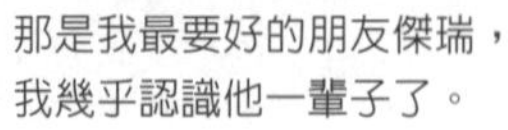
那是我最要好的朋友傑瑞，
我幾乎認識他一輩子了。

放學後一起
踢足球嗎？
當然好啊！

傑瑞以前跟我一樣待在家裡，因為他生病了。他的綽號就是這樣來的──「傑瑞」是對跛腳的人的稱呼。不過，現在他跟許多同區的孩子一起去上學。

我從來沒上過學，我一直待在家裡照顧哈珊。
我是老大，保護他是我的職責。

不過我很好奇學校會是什麼樣子。

來吧，我們
去建築坑吧。

「建築坑」是形容這個地方好聽的說法，其實只不過是個水坑，
我們都在這裡玩泥巴。在難民營裡，你必須發揮創意。
哈珊，你做磚塊，
我來蓋房子。

一……二……
雖然我從來沒有去過真正的學校，不過
小時候媽媽教過我所有的數字。我一直
練習，以免忘記。

二塊磚加二塊磚等於……四塊磚！
雖然哈珊說不出來，但是我可以看
出他非常欽佩我厲害的算術能力。

哈珊不會說話。從他還是個嬰兒開始，
就只說過一個詞。
呼唷！
不過他會發出很多聲音，我們能夠理解彼此。

醫生說哈珊現在情況好多了。他更小的時候經常發作，
那真的很可怕，不過他已經好一陣子沒有發作了。

我不喜歡去想那些發作的事。我不知道弟弟不在的話，我該怎麼辦。
有他在身邊，我才有辦法忍受這裡的生活。

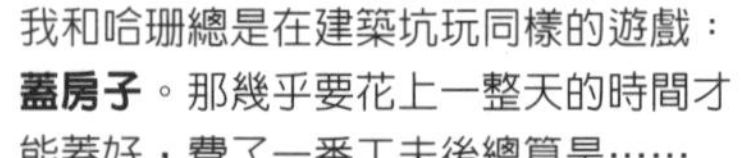
我和哈珊總是在建築坑玩同樣的遊戲：
蓋房子。那幾乎要花上一整天的時間才
能蓋好，費了一番工夫後總算是……

完成了！好了，這就是我們的房子。這房子夠大，住得下我和你，還有法圖瑪跟媽媽。

那邊是我們的
玉米田。
再更遠的那邊是我們養山羊的地方。
我們有一百……不，二百頭山羊！

那是學校。下午我去上學，
你回家幫忙媽媽照顧山羊。

瞧，我們有張柔軟舒適的床墊可以睡，
躺在上面感覺像雲一樣呢！

你們的床墊上有
我的位子嗎？

睡過去一點。

要是被其他男生逮到我在玩扮家家酒，
我會很尷尬，不過跟傑瑞在一起，我從
來不會覺得難為情。

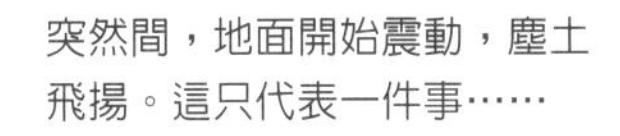
突然間，地面開始震動，塵土
飛揚。這只代表一件事……

其他 A2 區的男孩也放學回家了。

來吧，踢足球的時間到了！

A2 區這裡住了很多孩子。和傑瑞一樣，大多數人都用綽號稱呼彼此，因為很多索馬利亞的名字都非常相似。例如，那是**高**阿里，他是**矮**阿里。

我也有綽號……

嘿，**丹弟**！你要跟我們玩，
還是跟跛子一起？

「丹弟」的意思是……有點自閉的人。有個鄰居告訴我，我爸爸在索馬利亞的綽號也是這個，所以我猜他跟我一樣有點安靜，因此我不介意其他孩子嘲諷我話不多，如果那表示我像我爸爸的話。

高阿里，不管跛不跛腳，傑瑞都可以繞著**你**跑。我要和他同隊。

高阿里有點混蛋，不過 A2 區的孩子總是玩在一起。我們每天都踢足球，問題是我們沒有足球，所以只能用塑膠袋做一個。

這麼做唯一的問題是……

踢
這些球撐不了太久。
喔，天哪。

快動呀，你這笨蛋！
唉唷！
瞧，我有 One、Two、Three ！

嘿，傑瑞，他在說什麼？「萬吐翠」？

不是，是「One、Two、Three」！那是用英文從一數到三，我們今天在學校學的。

One、Two……翠？

不是，是 Thhhhh-reeee ！你要把舌頭伸出來，就像這樣，Thhh-reee。Thhhhh-reeee。

One……Two……Thhhhhree，
One……Two……Thhhhreeee。

假如我仔細聽其他男孩說話，**幾乎**就像我有去上學一樣。

嘿……哈珊？哈珊！
你在哪裡？

我不喜歡看不見哈珊。他在我們這區當然不會有事，可是萬一他跑到 A3 區或 A4 區……

我看見他在那邊，跟高阿里在一起。

哈珊！我告訴過你不要亂跑！
你在幹什麼？

哈珊，你看，嗚——嗚——
嗚——嗚——

只要看到有人在哭，哈珊就會開始跟著哭。他不由自主。

別鬧了！
為什麼？很好玩啊！
嗚——嗚——嗚——

哈珊，沒事，不難過。我們很**快樂**，明白嗎？**快樂**。

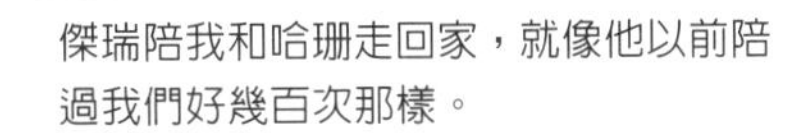
傑瑞陪我和哈珊走回家，就像他以前陪過我們好幾百次那樣。

哈珊，別管高阿里了。他老是取笑我，可是看看我們在踢足球時，他輸得多慘。不要受他影響。

來吧，哈珊，我們來練習你的英文吧。說說看，「One、Two、Three」！
呼唷！

嗯……不對。
聽好，哈珊，如果你想在美國生活，就必須學英文。

我跟你說過多少次了，我們不去美國。等戰爭結束後，我們要回索馬利亞。

你真是個傻子。我爸爸朋友的親戚才剛被送去美國，他每個月都寄錢回來。那裡每個人都超有錢的！

我爸爸說，在美國人人都有大車和大房子。我爸爸把要給 UN* 的資料都準備得差不多了。
嗯，我們會回去索馬利亞照顧我們的房子和農場。
「還有找我媽媽。」我沒有加上最後這一句，免得傑瑞覺得我是個長不大的小孩。

哈珊，幫個忙，你比較喜歡哪一個：大車子，還是農場？
呼唷！
我很確定他說的是「車子」。
最好是啦！

傑瑞！我的另一個兒子！過來和我們一起喝茶。
法圖瑪，謝謝你，可是我得回家了。歐馬，下次見嘍！哈珊，拜拜。

今天我有特別的好東西要給你們兩個——在茶裡放糖！
嗯！

* UN 是 United Nations（聯合國）的縮寫。聯合國難民署（UNHCR），也就是聯合國難民事務高級專員辦事處，是協助世界各地難民的機構。

法圖瑪，猜猜我學會了說什麼。「One、Two、Three」，這是用英文數數的方法。
喔，太棒了！

還有你看，傑瑞也教了我怎麼用英文寫我的名字。
Hello my name is Omar

在營地裡生活並不容易……不過我和哈珊在一起，而且我們還有法圖瑪。我一直在學新的東西。等索馬利亞的戰爭一結束，我們就可以回家了。
回到家，我們就安全了。沒有人會找哈珊麻煩，我們會找到媽媽。
為了回家，我們已經等了**長達七年**，究竟還要再等多久呢？

第二章

Hello my name is Omar
在難民營裡的每一天都一成不變……

但也會有**例外**的時候。有時候生活可以在瞬間改變，但是你永遠無法確定這個轉變是**好**還是**壞**。

哈囉，歐馬，我叫做薩蘭。*

哈囉，薩蘭，很高興認識你。
我以前在附近見過這個人，我確定他就住在我這一區。所有的孩子都叫他高薩蘭，因為，呃……你可以猜得出為什麼。

你的英文說得非常好，而且你也會寫英文字，你在學校的表現一定很好。
呃……

* 楷體表示用英文溝通對話，以下皆同。

呼唷！
哈珊！回去帳篷裡面！
在我確定對方無害之前，會儘量讓哈珊遠離陌生人。

不過，薩蘭似乎沒問題。
哈囉，我叫做薩蘭。你叫什麼名字？

他不會說話。
你不像歐馬一樣會說英文？

不，他什麼話都不會說……
呃，除了經常說「呼唷」之外。

喔。那你們的父母親在哪裡呢？
我們的父親死在索馬利亞，不過母親還活著，她在某個地方，只是我們不知道在哪裡。

所以只有你和你弟弟在這裡？
還有法圖瑪，她是我們的養母。

我明白了。歐馬，我今天是來自我介紹的。我是社區領導人，所以你有任何問題，無論是食物配給，或是關於鄰居、學校的事，都可以來找我，我們會設法幫忙解決。

說到學校……現在是中午，你為什麼沒去上課？
我……我沒去上學。

哦？為什麼呢？
我不需要去學校學習怎麼照顧弟弟，對吧？

薩蘭離開時，臉上露出若有所思的表情。
是的。
沒錯，我想你不需要。
哈珊，下次再見嘍。
再見了，歐馬。

從那之後，我經常見到高薩蘭。他常常來拜訪鄰居，了解他們、聽他們抱怨。我喜歡和他練習新的英文詞句。

今天天氣真好！
請問一下，現在幾點了？
你想喝杯茶嗎？

有一天我發現他和法圖瑪在說話。
歐馬，我們正談到你呢。過來坐吧。

法圖瑪一臉擔憂。
法圖瑪，一切都還好嗎？

薩蘭剛才跟我說了他對你的想法。
不是我做的！

不是，不是，你沒有做錯什麼事。

薩蘭認為你應該去上學。

我告訴他，我們的生活中有比學校更重要的問題。我們連吃的都不夠了，為什麼還要去上學？

法圖瑪，世界一直在改變，誰知道接下來的幾年我們會在哪裡？一旦接受了教育，他就能為將來發生的事做好準備。

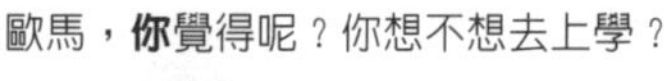

歐馬，**你**覺得呢？你想不想去上學？
我……可是我**不能**去學校。誰來照顧哈珊呢？

法圖瑪是哈珊的法定監護人，不是嗎？你不在的時候，她會照顧他的。每天只有幾小時而已。

可是……我們從來沒有分開過！我是他哥哥，他……他需要我！

法圖瑪告訴我，哈珊在附近有很多朋友。
他**無時無刻**都需要你嗎？哈珊不也需要學習獨立嗎？

我認真思考這件事。A2 區每個人都認識哈珊，或許他和法圖瑪在一起不會有事。

不過……我知道一家人彼此分開的時候可能會發生什麼事。

那……他發作的時候怎麼辦？法圖瑪有告訴過你嗎？
她說了。她還說他已經一年多沒發作了，而且她知道他發作時該怎麼處理。

喔，好吧，但是我到底為什麼必須去上學？我們很快就會回索馬利亞，我會像我爸爸一樣當個農夫。
農夫也得要識字和數數！況且，內戰已經持續這麼多年，戰事越來越嚴重，每個星期都有新的難民來到這裡。我很遺憾，但是現在已經沒有索馬利亞可以回去了。
所以呢？你的備案是什麼？

說不定我們會被送去美國！
哦？你認識多少人被重新安置到美國？

呃⋯⋯一個都沒有。不過傑瑞他爸爸的朋友的親戚⋯⋯

跟我來。
歐馬，看看這粒沙子。這就是你。
扔

你是達達阿布**成千上萬**的難民當中的一個，你被選中去美國的可能性，大概就像我再次找到剛剛那粒沙子一樣小。

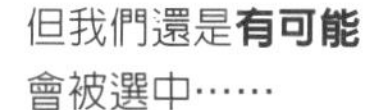

但我們還是**有可能**會被選中……

是沒錯，但也有可能**不會**被選中。你和哈珊可能一輩子都要待在這個難民營裡，那該怎麼辦？
在這裡度過**一輩子**？這個想法……實在令人沮喪。

歐馬，只有神知道未來會發生什麼事。但如果接受了教育，你就會有所準備。你可以找到工作，可以像我一樣開辦學校，可以養活你自己和家人。

你有天賦，歐馬。你很聰明，當神賜給你天賦，好好加以運用是你的職責。

可……可是我沒辦法，我不能去學校！我就是不能！

?

我……我以前從來沒上過學。如果我現在才開始去學校，他們會讓我和小孩子一起上課。

踢

哈 哈 哈 哈 哈 哈 哈 哈 哈 哈 哈 哈 哈 哈 哈 哈 哈
這一點都不好笑，我不懂他為什麼笑個不停。

歐馬，你住在難民營裡，幾乎沒有足夠的食物維生……而你卻擔心要和七歲的小朋友在同一個班級上課？哈——哈——哈！

哈 哈 哈 哈

這樣好了，我認識那所小學的校長，不如我去問他能不能讓你和同齡的孩子一起上五年級？到時我們可以再談談。

我想就這樣吧。

他為什麼還在笑？這傢伙應該早點滾的。

高薩蘭離開之後，法圖瑪依然看起來憂心忡忡。哈珊也一臉擔心的樣子。

而我呢？
我不知道該有什麼感受。

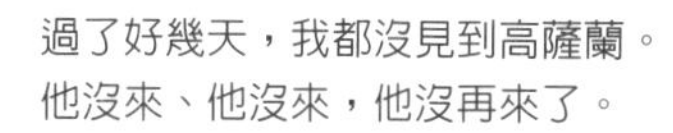
過了好幾天，我都沒見到高薩蘭。
他沒來、他沒來，他沒再來了。

如果他只是要把我丟在一邊的話，我不知道他幹麼還要叫我去上學？

「這粒沙子就是你，歐馬。」哼，這粒沙子就是**你**，高薩蘭，我要直接踹你的臉！啊啊啊啊——
踢

哈囉，今天天氣真是好啊！

你還好嗎？
只是有沙土跑進我的眼睛裡而已。

也許這會有幫助。我帶了一份禮物給你。

一切都安排好了，你明天就可以開始上學……上五年級。
我的意思是說，如果你想去的話。

我想去上學嗎？
哈珊，你認為……
我說不出口，而我知道他也無法回答我。

法圖瑪，**你**覺得我應該怎麼做？
歐馬，這件事情我考慮了很久，你已經是個大男孩了，我不能替你做這個決定。
如果神的旨意是你應該去上學，那麼我不會違背祂。

我想你應該聽聽自己內心深處的聲音，看看神告訴你該怎麼做。
如果這是神的旨意，那麼祂會搞定一切。
別擔心，一切都會平安無事的。
法圖瑪總是說「一切都會平安無事」……可是有時候很難相信。

那晚我和平常一樣幾乎都沒睡，不過不光是因為睡得不舒服。

有時當我睡不著，或是有什麼煩心事……

呃，我曉得這聽起來很蠢，不過我會出去看某一顆星星。

我不太記得小時候的事情，或許也是因為沒有太多我想要記得的事。

但是，我記得這顆星星。也許這甚至不是真實的回憶，不過這顆星星讓我感覺很安全，好像爸媽就在身邊一樣。我以前常常對這顆星星說話，如今看來似乎很幼稚。儘管如此，感覺爸媽就在自己身旁，讓我比較容易做出重大的決定。

如果去上學，我只會離開哈珊幾小時而已。我會馬上回家。

可是……媽媽也以為她會再回家。

我覺得難以抉擇。我該去上學？
還是應該陪在家人身邊？

假如爸媽可以告訴我，我想我知道他
們會說什麼。他們會說，我最重要的
任務就是照顧弟弟。

可是萬一薩蘭是對的呢？萬一**上**
學是照顧他最好的方法呢？

事實是……我**很想**去上學，
想到心都揪痛著。

但是我很害怕。

我當然沒有聽到星星的回答，
只有聽到鬣狗在遠處的叫聲。

我和哈珊那天晚上都失眠了。

第三章

حي علي الصلوة حي علي الفلاح
和每個早晨一樣，我聽見擴音器傳來的喚拜聲。時間還早，不過今天我早就醒了。

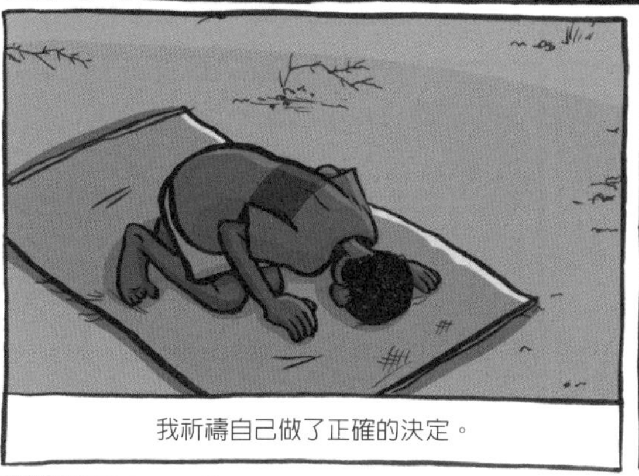
我祈禱自己做了正確的決定。

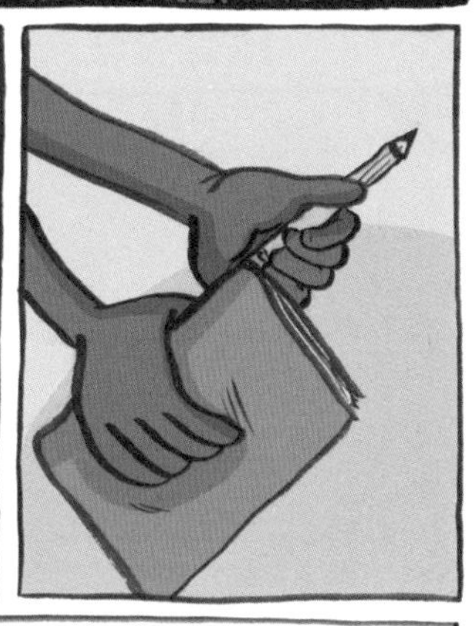

我不必開口，法圖瑪就明白我的決定是什麼。

我認為哈珊……還不懂。

也許法圖瑪對學校抱持著懷疑……不過吃早餐時，她還是儘量多給我一些麥片粥。我肚子很餓，但我知道這多出來的分量是來自於她的餐盤，於是我說了謊。

我太緊張了，吃不下。

我想我該走了。

我只是離開幾個小時。法圖瑪
會照顧你，你不會有事的。

我直視他的眼睛，試圖靠精神力量將
訊息直接傳遞到他的眼中。
我會回來的，
我**保證**。

哇啊啊啊——
要離開哈珊實在很困難，我
努力把恐懼深埋在心裡。

然而，即使我走開時弟弟在哭，即
使恐懼啃噬著我的內心……但是我
心裡有一小部分卻感到……
快樂。
我到底是怎麼了？

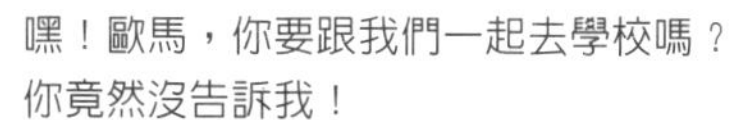
嘿！歐馬，你要跟我們一起去學校嗎？
你竟然沒告訴我！

我不認為你可以就這樣開始上學，你必須先取得許可。
阿里，我確實拿到了許可。而且你瞧，我還有筆記本和鉛筆呢！

哇！
你從哪裡弄來的？
這不公平！你才剛開始上學而已，怎麼會有鉛筆？

別聽高阿里的，他之所以生氣，只是因為他知道你的成績會比他好。
才不是呢，跛子！

我不打算在高阿里面前多說什麼……不過我非常懷疑自己的成績會贏過他或者其他同學。我之前從來沒上過學，要怎麼趕上其他的孩子？

嘿，
歐馬！
嗨，
妮茉。
基本上，我也認識妮茉一輩子了，她跟她媽媽和兩個哥哥住在距離我幾個帳篷遠的地方。

她和瑪麗安同行——那是當然的，她們總是在一起。雖然瑪麗安年紀大一點，我猜她大概十五歲，我應該是十一歲……不過很難確定，因為我不曉得自己的生日是什麼時候。

瑪麗安和我一樣個性安靜，
至於妮茉，呃……
嘿，是膽小鼠和
迷你蝦耶！

一點都不安靜。
35
瑪麗安才不是膽小鼠呢！她只是懂得不要浪費口舌跟一個白痴說話。還有，我寧可當隻迷你蝦，也不要當白痴。高阿里，你在這兩個領域裡都是最糟的那一個……你就像……白痴界中的參天大樹！

哈——哈——哈！
「白痴界中的參天大樹！」
閉嘴！

嘿，說到樹⋯⋯
（笑）
學校以前在那裡，對吧？

你要知道，我們現在有校舍和桌子了。
我**知道**，我只是說說而已。
我剛來達達阿布的時候，當地才建好沒多久，還沒有蓋學校，學生就坐在樹下聽老師上課。

現在有校舍了。

我真希望哈珊和我在一起，有弟弟在我身邊，我就不會那麼緊張了。
（吞口水）

跟我來，我帶你去
看要坐哪裡。

阿里，去坐地上。今天讓丹弟坐這兒。
什麼？可
是我……

快走，不然我就告訴阿邁德老師，
你昨天怎麼說他的耳朵。

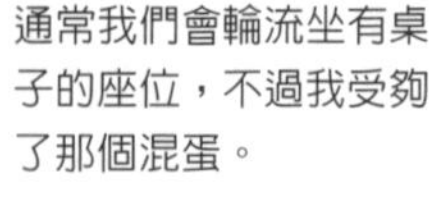
通常我們會輪流坐有桌
子的座位，不過我受夠
了那個混蛋。

這裡有好多學生啊！
畢竟在這營地裡也
沒有什麼事情可以
做，不是嗎？

這裡有些學生年紀比較大，可能是十五、六歲。因為這裡的孩子只有在情況允許時才能上學，所以有時候起步較晚。所有的女生都坐在教室的一邊，男生則坐在另一邊，女生的人數不像男生那麼多。

教室裡似乎有一半的女生都圍繞在妮茱的桌子旁唱歌。我一點也不意外，因為她**老是**在唱歌。

噹噹噹——
啊啊啊啊——

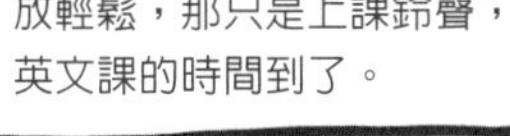
放輕鬆，那只是上課鈴聲，
英文課的時間到了。

各位同學早。
老師早。

今天我們來複習自我介紹。
Hello my name
呼，說不定我在學校不會有問題，這個我聽得懂！

四十五分鐘後，鈴聲響了，一位新的老師進來。

下一堂是歷史課，這堂課非常無聊。

今天我們要學習肯亞的政治制度。
1997
等一下！她為什麼說英文？我以為這堂是歷史課！

我們**所有**的課都是說英文呀！我以為你知道。
喔，糟了。

我幾乎聽不懂老師在說什麼，只能把認識的單字抄在筆記本上。

我們沒有教科書可以看，所以必須非常認真聽老師講課，但是這並不容易……

因為有那麼多孩子擠在同一間教室裡！

他們為什麼不能安靜點？

其他孩子大多沒有紙筆，我是班上少數幾個能夠抄筆記的孩子。我把字寫得很小，儘量節省紙張。

歷史課結束之後，我們上了自然課。

Carbon Dioxide
Oxygen
photosyn
plants

接著是數學課。至少有**一門**科目是我聽得懂的。

呼，只是數字而已，這我辦得到。

數學課上完後，我們有午休時間。有些孩子會回家吃飯，不過很多人留下來跟朋友聊天或一起玩。

你為什麼沒告訴我所有科目都是用英文上課？為什麼老師不說索馬利亞語？
嗯，營地裡的孩子並不全都是索馬利亞人，對吧？那個傢伙是衣索比亞人，那邊的孩子是蘇丹人⋯⋯大家都說不同的語言，所以英文是每個人都聽得懂的語言。
對，每個人都聽得懂，除了**我**以外。
你要回家吃飯嗎？
不要。我們去踢一次真正的足球吧。
事實是，我曉得我們今天沒有東西可以吃。而且⋯⋯我想不回去會容易些，一天內要離開哈珊兩次實在太難了。

午休後，我們上了——
صباح الخير
阿拉伯語課

Habari Za asubuhi
史瓦西利語課

美術工藝課
今天我們要用泥巴來捏大象。所有人都到外面去。
就像建築坑一樣！

然後最後一聲鈴響……就這樣結束了。我們沒有家庭作業，畢竟沒有人有書可以讀。

真是超——級無聊。

因為一直專心聽課，又塞了很多新的資訊到大腦裡面，我的頭都痛起來了……不過不知道怎麼回事，我沒辦法停止微笑。

我**上學**了！

蠢蛋，你在笑什麼？
怪胎。
歐馬，明天見嘍！
我回——

呼唷！呼唷！
呼唷！呼唷！
他一整天都在找你，而且就坐在門口等你回來。

好了，好了，你現在可以放開了，我回來了。
我也很想你。

我告訴哈珊我在學校學到的一切，努力回想沒記在筆記本上的東西，然後寫在沙子上。即使他不明白，我還是想和他一起分享。
當然，我無法確定……但是一股溫暖的感覺突然襲上我的心頭，就好像我做了正確的事。我希望爸媽會為我感到驕傲。

第四章

在難民營裡上學並不是世界上最容易的事。
這裡的學校……

一片混亂。

由於學生很多，總是吵吵鬧鬧，而且還非常熱，很難集中精神。有時候會有學生因為肚子太餓而在學校裡昏倒，有時候老師看起來好像也餓得頭昏眼花。畢竟，他們大多數也是難民。

然而，儘管教室裡又吵又擠又熱……我還是很喜歡。這種感覺就好像……我的大腦非常飢餓，現在正在攝取它需要的食物。

1. Wet hands.
Cover wet hands with soap.
3. Scrub all surfaces of hands for 2
seconds.

我們學了乘法、除法、拼字這些一般課程，老師也會教導我們如何正確洗手，以及小孩子為什麼不應該在垃圾堆裡玩之類的常識。

每天放學後，我一回到家，就會和哈珊花很長的時間去散步。他討厭成天關在家裡，但他和法圖瑪在一起，很少有機會去玩。我試著告訴他，我去上學是為了幫助他……可是我想他無法理解。他只知道我不在家。

每天晚上吃晚餐時，我會跟法圖瑪、哈珊說說當天在學校學到的東西。

老師說有些人認為上學對女生來說並不重要，但他認為那是不對的。

你要知道，我小時候在索馬利亞從來沒有上過學。

我豎起了耳朵聽。法圖瑪幾乎不曾談起她在索馬利亞的生活。

我住在非常偏遠的鄉村，唯一的學校距離很遠，而我又沒有兄弟可以保護我。在那邊，一個女生自己走那麼遠的路非常危險。

而且我們村裡其他有兄弟的女生，通常也都待在家裡做家務，男生才去上學。

從來沒有人告訴我上學很重要……不過，或許薩蘭說的沒錯。時代在改變，我也需要跟著改變。
現在**一切**都和以前不同了。

妮茉和瑪麗安跟我同班，她們好像很喜歡上學。

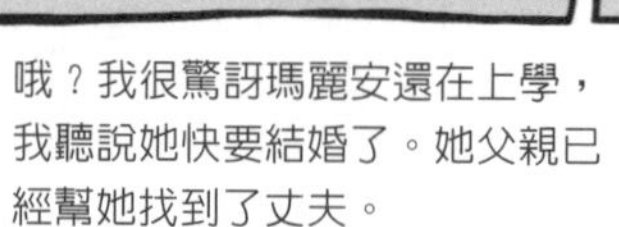
哦？我很驚訝瑪麗安還在上學，我聽說她快要結婚了。她父親已經幫她找到了丈夫。

瑪麗安要**結婚**了？
想到我認識的人就要**結婚**了，這種感覺很奇怪——那個幾乎不怎麼說話、安靜的瑪麗安。

我不知道該怎麼回應……所以什麼都沒說。

隔天我更加注意瑪麗安和班上的其他女生。有些女生會談天說笑……但是瑪麗安並沒有。她雙眼緊盯著老師，每次老師叫她回答問題，她都可以答對。

到了午休時間，瑪麗安和其他女生並沒有留在學校，全都匆匆離開。

你知道女生為什麼都不留在學校吃午餐嗎？
我不知道，她們可能得回家為家人準備午餐吧。
走吧，我們去踢足球。

或許事情改變的幅度並不像法圖瑪想的那麼多。

我開始注意到我在上學前取水時，也會在那裡看到一些同學……不過只有女生。

放學後，我和哈珊一起散步的時候，也會看到其他孩子在照看他們的弟弟妹妹……不過只有女生。

除了妮茱和瑪麗安之外，我那區的其他女生甚至都沒有去上學，而是待在家裡做家事。

女生必須做所有的工作，而她們的兄弟卻可以去玩，這似乎很不公平。由於我沒有姊妹，法圖瑪年紀又很大，所以我在家做很多雜務。有些男生因此取笑我。

嘿，丹弟！你的裙子到哪裡去了？

而在做了幾個星期的家務，又要同時照顧哈珊和上學後，我才明白妮茱、瑪麗安和其他女生有多麼疲累。

她們究竟是怎麼辦到的？

吼──哈珊！你想上廁所的話要告訴我啊！現在我得**再**洗一次你的衣服了……還得再去提點水……
來吧，把衣服脫掉！

哈珊，對不起，我只是太累了，我沒辦法同時做所有的事。
這太困難了。

哈囉！歐馬，你在學校過得怎麼樣？

這麼糟糕嗎？
薩蘭，這太困難了！我必須照顧哈珊、做所有的打掃工作，還得去取水……而且學校的所有課程都是說英文，我幾乎都聽不懂！那去學校還有什麼意義？也許我應該放棄。

嗯，我沒辦法幫你做家事，不過……你知道我開了一間提供英語課程的私立學校吧？你明天放學後何不順路來一趟，我們來看看能不能惡補一下你的英文？

那要花多少錢？
你一星期幫我的學校取一次水，我們就算扯平，你覺得怎麼樣？

我**心裡想**的是——
很好，我的課業和雜務又**更多**了。

我**嘴裡說**的是——
先生，謝謝你。
所以，也許我還沒有準備好放棄學業。

現在我的新時間表是：一早取**更多**的水、上學、放學後去上英語課、回家陪哈珊——他很不高興我不在的時間更長了，而且為了做家務而沒辦法陪他玩——然後睡覺。

幾個星期後，我的英文進步很多……可是我**累壞**了。
UNHCR

你們兩個……在學習？**現在**？太陽才剛升起耶！
再累也不能休息啊！況且，我們有宏大的計畫，對吧，瑪麗安？是真的大計畫呢！
妮茉顯然希望我開口問問她的「大計畫」……但是我實在太累了。

她們一大早就在用功，肯定是真的很愛上學。但是我忍不住要想……
如果瑪麗安就快要結婚了，她為什麼還要那麼努力學習呢？

第五章

歐馬，你還好嗎？你的氣色看起來不太好。

我去上學已經快兩個月了，晚上睡得越來越少，而且……我不知道為什麼，也許是因為去學校的路太遠，這幾天我肚子好餓。**這種感覺一直沒停過**。我的意思是，在難民營裡大家總是肚子餓……但是過去這幾個星期特別嚴重。

你看起來很虛弱，今天要待在家裡休息嗎？
不要，我要去上學。

我也許一直都很餓，不過，至少我的大腦越來越充實。而且上學可以讓我分散注意力，暫時忘記飢餓。

在某些日子裡，就像今天，**每個人**的脾氣都很暴躁。

別再對著我呼氣！
欸，很抱歉我還**活著**！

像今天這種日子，有些孩子乾脆就不來上課了。今天早上已經有三個孩子昏倒了，而這種情況很規律的每兩個星期會發生一次，因為每隔兩週就有**清空日**。

坐過去一點。
不要，你才坐過去一點。

什麼是清空日？嗯……
難民每十五天可以從分發中心領到食物。前十天左右通常沒有問題，大家都有東西吃。
但是我們得到的食物永遠不夠。到了最後五天，食物開始見底，然後……每個人……都……肚子餓。

幸好，明天就是分發日了。
我一想到食物就差點沒力氣
走回家，兩腿開始發軟。

我希望我不在的期間發生了奇蹟，讓
我們晚餐有東西可以吃，可是……

喝點茶吧，可以
消除飢餓感。

我們的茶喝完了，我只
好用樹皮代替。
好……好喝，謝謝你，
法圖瑪。

噁——

哈珊不太能理解關於食物的事，在這方面，他跟住在隔壁的小孩子有點像。
我有時候會看見他們餓到發脾氣、打他們的媽媽，可是他們的媽媽並沒有生
氣或懲罰他們，只是一臉哀傷的對他們說——

對不起，
寶貝，對不起。

年幼的孩子不明白，但大一點的孩子已經知道——沒有食物。

等他們再長大些，就會習慣挨餓了。

你曾經試過空腹睡在泥土地的編織墊上嗎？嗯，相信我，那並不容易。我和哈珊不停的翻來覆去，甚至比平常還要難以入眠。

隔天早上醒來後，我們喝了點噁心的樹皮茶。信不信由你，有總比沒有好。

然後我從帳篷裡的隱密處拿出配給卡。

達達阿布的每個家庭都有一張這樣的卡片，一旦登記成為難民，UN 就會發一張卡片給你。我的卡片在 2 上面打了洞，意思是這張卡片可供兩人使用——我和哈珊。每次我們領到新的配給，卡片上就會被打個洞。一旦卡片上打滿洞，我們就會得到一張新的。

我用繩子把卡片掛在脖子上。

法圖瑪已經出發去領配給了。她喜歡跟她的朋友一起去，這樣她們就可以邊排隊邊閒聊。排隊等候的隊伍**非常非常**長。

整個伊福只有一個糧食分發中心，因此營地所有人都會在這天來到同一個地方。

這座營地的人非常多，而且每天都有更多的人來到這裡。

像今天這樣的日子，才能真正體會達達阿布究竟有多大，這裡住了成千上萬的人。你可能會在人群中見到認識的人，而你甚至不知道他們原來也在這裡。

（倒抽口氣）

哈珊，跟我來！快，快點，
把那個放下，過來！

來吧！
快點！

也許你會看到你一直在尋找的人。

一個一直在找你的人，只是她不知道
該去哪裡找你……

媽媽？
呼唷？

需要我幫
忙嗎？
喔，對……對不起，
我認錯人了。

你找不到媽媽嗎？你不可以從媽媽身邊跑開，
應該緊跟著她的。走吧，哈麗瑪。

我真不敢相信我以為那是她，
我簡直是個笨蛋。

繼續找她實在很蠢，毫無意義。假如她也在這處營地，現在應該早就找到我們了。要是她還在**某個地方**活著，就應該會來找我們。一個媽媽不會拋棄自己的孩子。
會嗎？

我真希望在難民營裡沒有那麼多時間可以思考。可是我今天無事可做，只有——
等待……
等待……
等待……

我努力忘記。我**想要**忘記。
笨蛋！笨蛋！
笨蛋！笨蛋！

每種配給品都要分別排隊。今天領到的食物有──
玉米
USA
食用油
鹽

有時候我們會拿到麵粉……不過今天沒有。
對我來說，把食物搬回家不難，因為袋子並不重。

回家後，我們將配給的食物交給法圖瑪，因為她做飯給我們吃，也會把食物安全的存放在她的帳篷裡。此外，因為她通常都在家，這樣可以確保食物不被偷走。
你瞧，只要有一點食物感覺就好多了，一切都會平安無事的。
你老是這麼說！這不是真的！**沒有一件事情很順利**！
啊啊啊——

（啜泣）
她為什麼丟下我們？她為什麼不跟我們一起來？
法圖瑪並沒有生氣或懲罰我，她只是一臉哀傷的對我說：
對不起，寶貝。
對不起。

第六章

上學是分散我的注意力、
讓我不再煩惱的好方法。

只不過學期很快就結束了，我們有一個月的假期。也許在有些地方，學生會期待學校放假……但是我不想。我不想回去過那種漫長而空虛的日子，有太多時間胡思亂想。

嘿，來吧，我們
去看看名單！

學期末，老師會根據考試成績公布所有學生的排名。
我不敢看，我想我會墊底，不過……

嘿，第三十三名，
還不算太差嘛！
但也不是很好，連高阿
里的成績都比你好。

哈哈，那天才你
呢？第十名？
不是，是第十
二名。不過無
所謂啦。
第十二名非常、非常棒，不過我並不嫉妒。我才剛開始上學，還有時間進步。

女生的成績排名和男生分開。
哇！瑪麗安，你是女生
第一名耶，恭喜！
謝了，
歐馬。
她**當然**是第一名嘍！她是我們全班、
搞不好是全營地最聰明的女生，大家
都知道！

妮茉，你八成是靠她作弊吧，
所以才能拿到女生第二名。
阿米娜，你閉嘴！你只是嫉妒罷了，
因為你才……怎樣，第十七名？我都
不知道我們班上有十七個女生呢。連
我的**羊**都可以贏過你。

走吧，妮茉，你不會想在上學
最後一天跟人家打架的。
對，我們走吧！
放假了！

好吧，也許不上學還是有些好處。
因為隔天早上不用那麼早起床，所以 A2 區的一些孩子決定玩夜間捉迷藏。

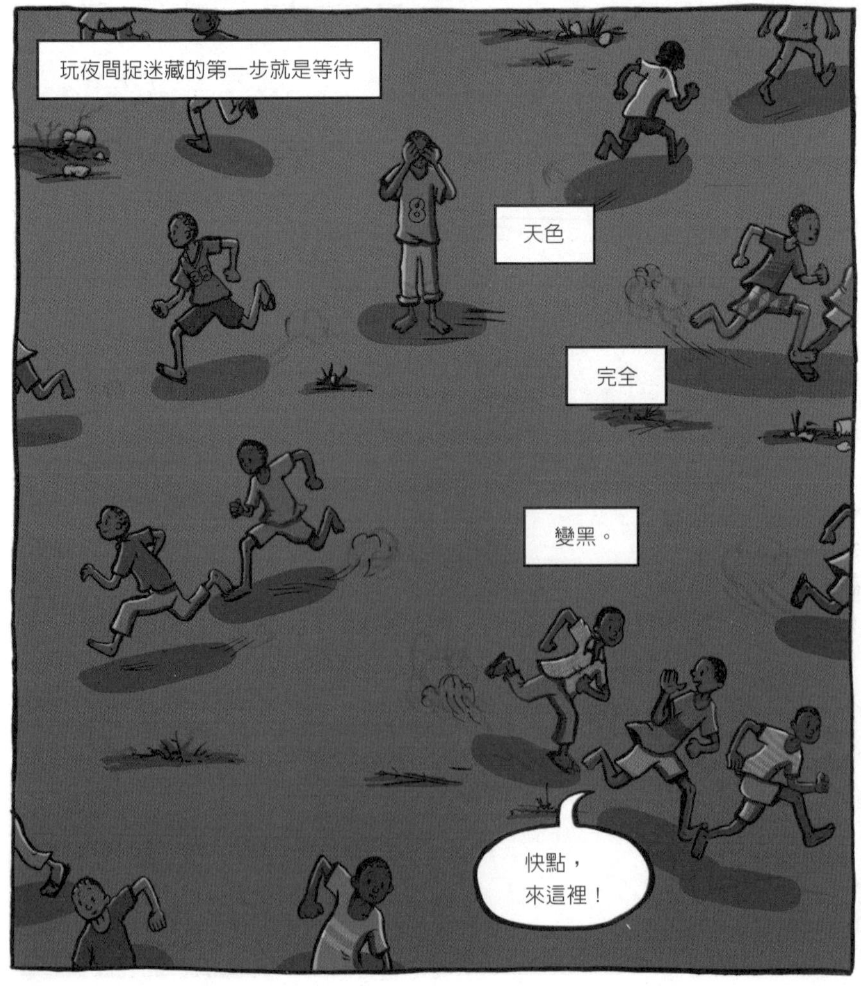
玩夜間捉迷藏的第一步就是等待
天色
完全
變黑。
快點，
來這裡！

由於營地裡沒有電，所以四周**超級**暗。
基本上你可以站在空地中央，沒有人看得到你。
有時候你要等很久才會被找到。
大家都到哪裡去了？

你爸媽對你的學校成績怎麼說？關於你考了第十二名的事？
我媽很高興。我爸不在家，他去了 UN 辦公室。
我感覺胃往下一沉。

他收到你們家案子的消息了？你們要去美國了嗎？
沒有，不過……聽好，不要告訴別人，他有個朋友認識UN的人。我爸剛給了他一百先令，好讓我們的資料擠到最前面，所以現在應該隨時都有可能。

他去哪裡弄來一百先令？
借來的。他說償還不成問題，一旦到了美國，就可以找到工作，賺很多錢。

喔。
我不願去想傑瑞去美國，而我待在這裡的事。可是我沒有一百先令，也**永遠不會**有一百先令，我和哈珊沒有機會移居到別的地方。

噓——我聽見有人來了。
哈珊，保持安靜，好嗎？不要說話。

呼唷！
抓到了，輪到你當鬼。

在學校放假期間，我們玩很多遊戲。一來是像這樣把時間填滿，就不會有空檔胡思亂想。二來是這也幾乎讓我忘記傑瑞要去美國，而我將獨自留在這裡的事。

來吧，我們要去野地玩卡布塔！

卡布塔是我最喜歡的遊戲。「卡布塔」在索馬利亞語中是拖鞋的意思，由一個孩子脫掉拖鞋，各隊挑選拖鞋的一面——正面或反面，然後將拖鞋扔到空中。假如拖鞋正面朝上落地，選擇正面的那隊就要跑到另一隊的終點，並且設法不要被抓到。

我們玩遊戲時，哈珊總是會跟著來。他不懂規則，只是想要加入遊戲，像其他孩子一樣玩。

可是當我試著讓他玩……

結果卻可能一團糟。

那是我的鞋子！
給我回來！

哈珊只是以為我們在玩一場大型遊戲。

哈珊！別鬧了，
回來！

我要宰了他！我真不知道你一開始為什麼要讓他玩！

哈珊！

搶走

放開，你這白痴！這一點都不好玩！

住手！別傷害他！
推開

我不知道你為什麼還要照顧這個傻子！他根本是個廢物，你應該讓他遊蕩到荒郊野外被獅子吃掉！
住口，阿里，不要再說了。

現在我明白你們為什麼是孤兒了。這八成就是你媽丟下你們的原因，要是我也寧可死掉，才不要——

啊啊啊啊！

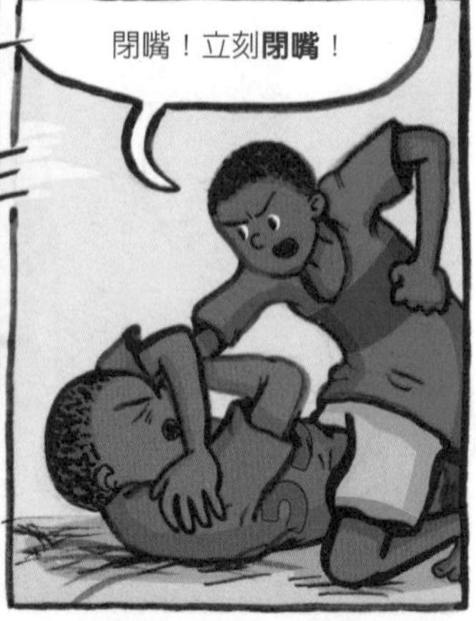
閉嘴！立刻**閉嘴**！

嘿，別打了，你們這幾個小流氓！你們把我的顧客都趕跑了！
住手！阿里，滾開，你這個大混蛋！把你的蠢拖鞋拿走！來吧，丹弟，我們走。

喔，放開我！我得冷靜一下。

事實是……我一直擔心哈珊和他的未來。我知道很多人的想法和高阿里一樣，這裡有些人對身心障礙者就是不友善。

踢
我不明白為什麼有些人會如此殘忍？

喏，哈珊，用我的襯衫擦擦鼻子。沒關係，反正這件襯衫該洗了。

你知道嗎？大家開始叫我「傑瑞」的時候，我真的討厭死這個綽號了。這提醒了我，我和別人不一樣。
我一點都不知道，我可以叫你別的名字……

我還沒說完。
不過現在……我不怎麼介意這個名字了。我的意思是，這是我的一部分，我的腳跛了，但那只是**一部分**的我。
我感到一陣羞愧。我總是想到自己和哈珊，還有**我們的**問題，忘了其他人也有他們自己的困難要面對。

像高阿里那樣的混蛋很多，還有……嗯，其他人……認為我跛腳，所以什麼都辦不到，但是他們**錯了**。

我在學校的考試成績很好，比高阿里還要好，**總有一天**我爸會明白這是有價值的。
所以，你不要聽高阿里那種人說的那些刻薄話。

你要知道，哈珊也不是一點用都沒有。即使他有某些缺陷，還是可以做很多事情。
我曉得，傑瑞，我知道有缺陷並不會讓一個人變得沒用。

只不過……你有時候有點過度保護他，就像人家把我當嬰兒一樣。但哈珊**不是**嬰兒，他會照顧動物、幫助鄰居。

只要……別低估他，對吧，哈珊？

但是他的日子還是會不好過。你都沒有生過氣嗎？你難道從來沒有想過，如果你沒有缺陷的話，生活會比較好過嗎？

有時候吧。
聽著……跛腳並不是我自己**想要**的，我也不想住在難民營裡，但是我們就在這裡，不是嗎？
我想我們只能試著去欣賞好的地方，充分利用自己所擁有的。

來吧，我們回家吧。

接下來幾天，我聽從傑瑞的建議。我帶哈珊一起去撿木柴，他幫我提水和打掃。

哈珊似乎很喜歡做這些家務，而且做得很好。也許傑瑞說得沒錯，我**的確**低估了我弟弟。

哈珊，對不起，我會努力做得更好的。

有天我們在做家事時，法圖瑪陷入了她自己的沉默空間。法圖瑪向來話不多，但是有的時候她會連一句話都不說，只是直視著前方發愣，好像正在看某個幽魂一樣。她可以這樣待上**好幾個小時**。

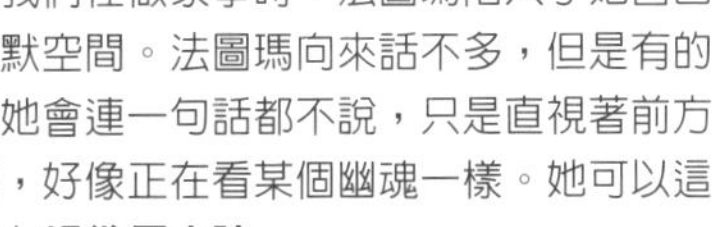

我學會了在發生這種情況時給她一點獨處的時間。

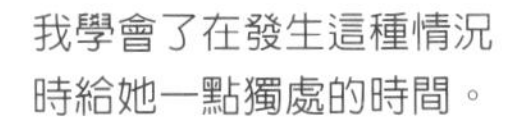

來吧，哈珊，
我們去散步。

通常我們散步時會順便到新近抵達區去巡邏一番，在人群中尋找**她**，但是我現在不想這麼做。

自從那天我以為看到媽媽以後……就有點生她的氣。這當然愚蠢透頂，你要怎麼跟一個甚至不在這裡的人吵架呢？

最後，我們來到了……
嗨，妮茉。
嘿，歐馬！嗨，哈珊！進來吧，瑪麗安也在這裡。
妮茉家是我們這區較富裕的人家，所以他們的住處能夠有牢固的籬笆和真正的牆壁，還有山羊！

妮茉的媽媽非常親切。她編籃子拿到市場去賣，而且總是一面編織一面講故事給我們這些孩子聽。
歐馬、哈珊，過來加入我們吧！
她說索馬利亞是詩人的國度，讓古老的故事和詩歌持續流傳下去是很重要的。

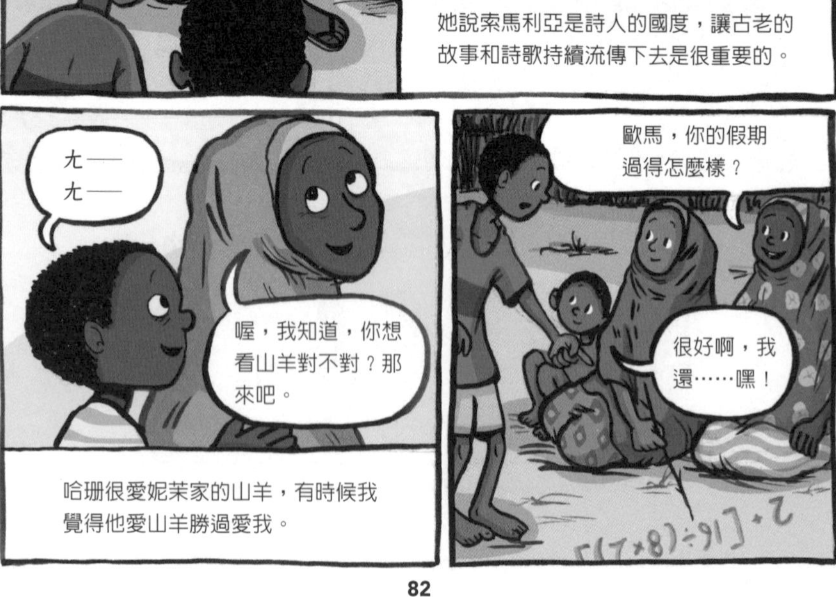
ㄤ——
ㄤ——
喔，我知道，你想看山羊對不對？那來吧。
哈珊很愛妮茉家的山羊，有時候我覺得他愛山羊勝過愛我。
歐馬，你的假期過得怎麼樣？
很好啊，我還……嘿！

你們兩個在**學習**？現在**放假**耶！而且你們已經是班上第一、二名了，根本不需要學習吧！
4+[3(4+2)]
2+[16÷(8×2)]

你認為我們是怎麼拿到班上第一、二名的？要保持領先需要花很多工夫呢！
可是……**為什麼**？你們不一定要當班上成績最好的啊。

如果你就快要結婚的話……我心裡想著，但是沒有說出口。

聽著……你可以保守祕密嗎？

不，不要告訴他！

喔，他是丹弟嘛，他不會告訴別人的。丹弟，你會嗎？
妮茉沒有等我回答，就從口袋拿出一張照片遞給我。

加拿大？所以呢？你們想要讓UN把你們重新安置到那裡？
CANADA
McGILL UNIVERSITY

不是，我們要設法**爭取**去加拿大的機會。去年，我們的老師在下課後把所有女生叫到一旁，告訴我們，每年肯亞最優秀的學生可以獲得獎學金，前往加拿大的大學讀書，包括難民的小孩也可以！而且女生可以得到額外的協助，因為女生在這裡上學更困難。他給我們每個人這張照片當成激勵。

我和瑪麗安打算拿到這筆獎學金，我們會上同一所大學，住在同一間屋子裡。她家住在屋子的一邊，我家住在另一邊，不過我們兩個人會睡在同一個房間，對吧，瑪麗安？牆壁要是綠色的。

牆壁要是**藍色的**。

那就一半綠、一半藍。只要我們一路到高中畢業，成績都維持名列前茅就可以去了！

你們認為自己做得到嗎？我是指一直維持名列前茅的成績？

瑪麗安通常都低著頭，這時卻抬起頭來。
那不成問題。

瑪麗安……
我聽說……你快要結婚了，之後你會不會得離開學校？

嗯……那就是我這麼努力用功的原因。

我的計畫是……如果我一直是班上第一名，而且年終考試考得非常好，我爸就不得不讓我留在學校。他會明白，去加拿大的獎學金比我結婚要值錢得多。
別擔心，我知道這一定行得通，而且非成功不可。沒有你，我沒辦法去加拿大！

我敢打賭你們兩個一定辦得到。畢竟，你們連放假期間都這麼用功啊！

那你們兩個打算做什麼？在你們到加拿大以後？
我想要當演員和歌手，或者是醫生，我還沒決定。

我要去加拿大念法學院，不過之後我要回來達達阿布這裡。我要幫助難民女孩們了解自己的權利。
聽著，我很欽佩你的精神，不過還是覺得你是個瘋子。誰會想要離開加拿大，回到這個地方？

喔，別說了。
歐馬，那你呢？長大後你想做什麼？

我一直以為我想回索馬利亞，然後當一個農夫。
不過，也許我會想成為社工，這樣就可以幫助其他的難民。這裡很多人的生活都很艱苦……
我想我也還沒決定好。
像這樣聊天很愉快，假裝我們是正常的小孩，有正常的未來可以憧憬。

剩餘的假期，我和哈珊經常跟瑪麗安、妮茉在一起。我一直認為瑪麗安的個性非常安靜，不過，一旦和她變熟以後，她其實很容易與人交談。有一天，她甚至給我和哈珊一份驚喜的禮物。

你們兩個，閉上眼睛。
來，我來幫忙！

然後睜開眼睛吧！

這……嗯，這個真的很不錯。

這是**鞦韆**！我用塑膠袋做的。哈珊，這是為**你**做的，我知道你喜歡待在外面，現在你和我的弟弟、妹妹可以一起玩了！

瑪麗安說得對，哈珊愛死這個鞦韆了。他似乎也很喜歡瑪麗安的弟弟、妹妹，就如同他們喜歡他一樣。

我想我太少看到弟弟和小孩子在一起了，因為我很驚訝他對待小孩子非常的溫柔而有愛心……

即使他們一直纏著他。

我自以為知道有關弟弟的一切。我自以為不讓他接觸陌生人，是在幫助他、保護他的安全。

然而，我想傑瑞說得沒錯，也許我並不了解哈珊的一切。

哈珊和孩子們一塊兒玩，我和妮茉、瑪麗安則一起念書，有時傑瑞也會加入我們。我有課堂上抄的筆記，不過瑪麗安簡直像一本活的教科書，彷彿……她可以用大腦拍照，然後唸給我們聽。

我告訴過你，她是個天才吧。
事實上，肯亞政府成立於1963年，但是，直到1964年才變成共和國。

當我們讀累了，有時候妮茉會唱歌。她的聲音真的很好聽，孩子們很喜歡聽她唱歌。

我以前從沒聽過這首歌。
是瑪麗安寫的！她也是個詩人。等我們去加拿大以後，她要寫歌，由我來演唱。或者也可以她寫劇本，我當演員。

瑪麗安，我還以為你要當律師。
我可以兩者兼顧啊。你知道的，我這個人多才多藝。

假期似乎沒有結束的一天，我不可能老是和傑瑞、妮茉，還有瑪麗安在一起，畢竟他們也有其他的事情要做。我不想跟其他 A2 區的男生玩遊戲，因此做完家事後，我和哈珊經常無所事事的坐著。

來，與其無精打采的發呆，不如幫我攪拌麥片粥吧。
要是連攪拌麥片粥聽起來都像是愉快的消遣，你就知道自己有多無聊了。

法圖瑪有很多親戚住在營地理，她們通常會在白天我上學的時候過來。
哈囉！
Galab wanaagsan（午安）！
可是今天我不用上學。

在她們揉捏、輕拍完我的臉以後……
學校還好嗎？
你長這麼大了啊！

她們坐著聊了一個又一個小時，聊些難民營裡的人的情況，或是以前的故事和詩歌。
法圖瑪多半坐著聽，她不太會說起自己以前的生活。
她們還聊到那些剛從索馬利亞來到這裡的人那兒聽來的消息。我也坐在一旁聽，希望能得知媽媽的消息。
戰況越來越激烈了，都已經過了九年，這場戰爭還在繼續。
我聽說每天都有更多的人來到達達阿布。
肯亞的索馬利亞人都快要比索馬利亞還多了！

有個新來的女孩叫哈娃，上星期才剛從馬里雷來到這裡。她說整個村子都荒廢沒有人煙，像座鬼城，所有的農場都遭到破壞，作物全被燒毀。除了被叛軍挾持的人以外，沒有人倖存。

馬里雷……
這個名字怎麼這麼熟悉……

歐馬，你是從馬里雷來的，對不對？
那是你住的村莊嗎？

菈丹！你到底是怎麼回事！

我非離開那裡不可。
儘管我們不斷的走著，差點在灌木叢裡迷了路，可是哈珊並沒有抱怨。
我知道這裡很危險，但是我不在乎，我感覺內心空虛而麻木。

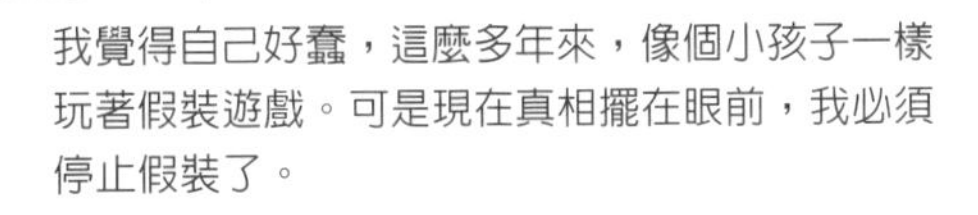
我覺得自己好蠢，這麼多年來，像個小孩子一樣玩著假裝遊戲。可是現在真相擺在眼前，我必須停止假裝了。

我們的村子毀了，我們再也回不了家了。
如果我們不能回家，那要怎麼……
我是不是又在假裝了……

不，她還活著，她**一定**還在。

我愛媽媽，但是有時候又恨她離開我們，這兩種情感彷彿在撕扯著我。

你說過你會來找我們的。好啊，我們就在這裡！
你的兩個兒子！我們孤孤單單的在這裡！你不在乎嗎？
你不愛我們嗎？

呼唷。

我和哈珊站起來走回營地，一步一步的慢慢走。

法圖瑪的朋友離開了，不過她還醒著等我們。

她可能搞錯名字了，說不定是別的村莊。你家的農場可能還好好的，一切都——

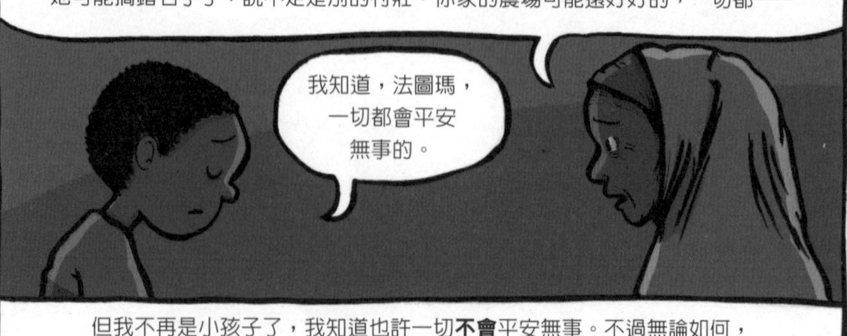

我知道，法圖瑪，
一切都會平安
無事的。

但我不再是小孩子了，我知道也許一切**不會**平安無事。不過無論如何，
我們還是得繼續前進，並且充分把握住我們所擁有的。

第七章

學校再度開學的時候，我很高興。

各位，歡迎回來，今天開始我們就要為年終考試做準備。
考試
（吞口水）
不過話說回來，或許我應該待在家。

那天，每一位老師都談到考試的事，就連美術工藝課也不例外，明明我們在那堂課裡只會用泥巴做大象。

天哪，老師對這些考試太小題大作了吧？
嗯，這的確是件大事啊，不及格就不能上學了。也就是說，**到此結束**。

這個我當然知道。在達達阿布，每個孩子都可以上小學——前提是他們的家人同意。然而，並非所有的孩子都可以上中學。

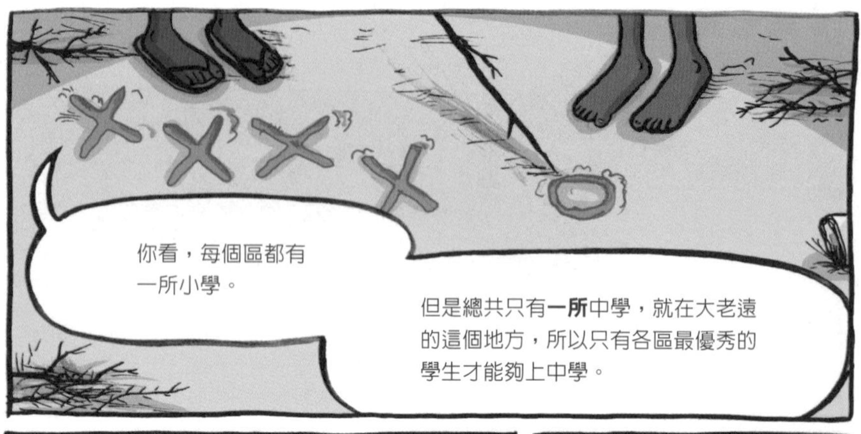
你看，每個區都有
一所小學。
但是總共只有**一所**中學，就在大老遠的這個地方，所以只有各區最優秀的學生才能夠上中學。

你覺得我們班上有多少人能夠上中學？
我不知道。也許十個？或者二十個？沒有人真的知道。

所以要是我們不及格，就不能再上學了。

奇怪的是，不過才幾個月前，我甚至不確定自己是否想上學……

現在我卻非常想留下來。

假如我無法回去我的村子……我想我需要一些可以仰賴的事物，比如說學校。

傑瑞，我得繼續上學，
我非上學不可。
我也沒辦法整天待在家裡，
我就是……沒辦法。

那麼我想我們最好
通過這些考試。

一起吧。

整個下午，我都覺得胃彷彿糾結在一起，而這回不是因為飢餓。

考試。
考試。
我們只有三個月的時間
準備考試，所以，如果
你們有筆記，最好開始
複習。

至少我有一項優勢——我是少數擁有課堂筆記的學生之一。

不過，這對我也沒有多大的好處。等我走回家……上完英文課……陪哈珊玩……然後打掃……整頓帳篷內外……

該死！
天已經完全黑了，沒有一絲光亮。

拜託！我想要念書，想要努力用功！我就不能喘口氣嗎？

媽……媽媽？

我有燈，你有筆記，我們一起念書吧？

我和傑瑞開始每天晚上一起讀書。不久，其他孩子聽說了我們的讀書會，也加入了我們，其中甚至包括高阿里的朋友。不過高阿里很識相，沒有試圖加入。
通常我們會聚在我的帳篷裡，因為我這邊只有哈珊，而其他孩子大多還有一群弟弟妹妹會來打擾我們。

班上只有男生會來念書。妮茉和瑪麗安的家人絕對不會允許她們在晚上和一群男生一起讀書。
我很想知道她們念得怎麼樣了……

這聽起來可能很奇怪，不過……我挺喜歡像這樣一直讀書。有個可以努力的目標感覺真好。
我變得有點沉迷其中，而哈珊對此很不高興。

哈珊，**不行**。我們正在讀書，別來煩我們。
他不喜歡我在學校待得越來越晚，甚至連沒有上英語課的晚上也是如此。我想他希望我再度放假，這樣我們就可以整天在一起玩。

他沒辦法用言語表達自己的感受，我想這讓他很懊惱。

法圖瑪越來越跟不上他。他在一個星期內就跑不見兩次，幸好鄰居找到了他，把他帶回家。

法圖瑪開始會在午睡時把門關緊。我想，他一點也不喜歡被困在裡面。

不過，考試就快到了，我們只需要再撐兩個星期。
我可以看出學校裡有些孩子的情緒開始變得緊繃。
教室裡，女生那邊傳來的笑聲比以前少很多。
一旦妮茉不唱歌，你就知道出問題了。

我們的讀書會感受到了壓力。
別再把你的筆弄得喀嚓響，那聲音快把我給逼瘋了！
你先停止拍你的大腿再說！
哈珊！別鬧了，我們正在努力念書！
踢

哈珊，兄弟？你還好嗎？
他不會有事的，我們繼續念書吧。

剩下一週。
所有的老師都在做考前最後的複習。我注意到妮茉和瑪麗安兩個人都缺席，我很驚訝她們竟然會缺課。
一定要記下來的重要日期：1962年，肯亞憲法採用了兩院制的立法機構……
然後，突然之間——學校、考試……這一切都不再重要了。
歐馬，你得馬上過來！你弟弟受傷了！
薩蘭！出了什麼事？
哈珊趁法圖瑪睡覺時離開帳篷，跑了出去。一些A3區的孩子發現了他，搶走他的衣服，然後……嗯，他傷得相當重。

你的鄰居找到了他，
把他帶回家……
慢一點！

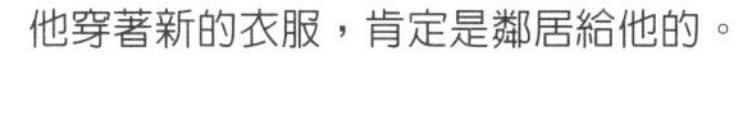
他穿著新的衣服，肯定是鄰居給他的。

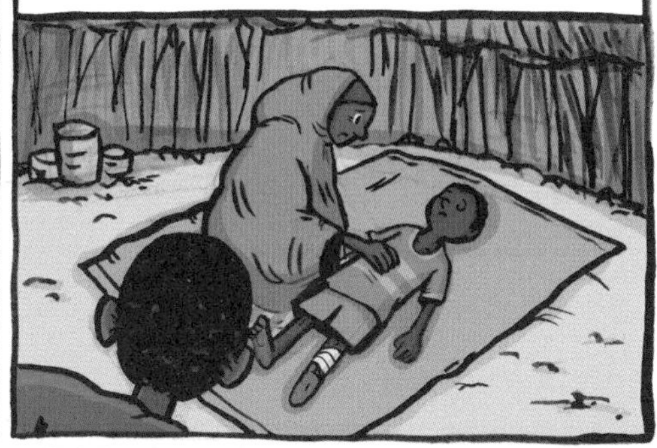

沒有骨折，也沒有重大傷害，
算是不幸中的大幸。

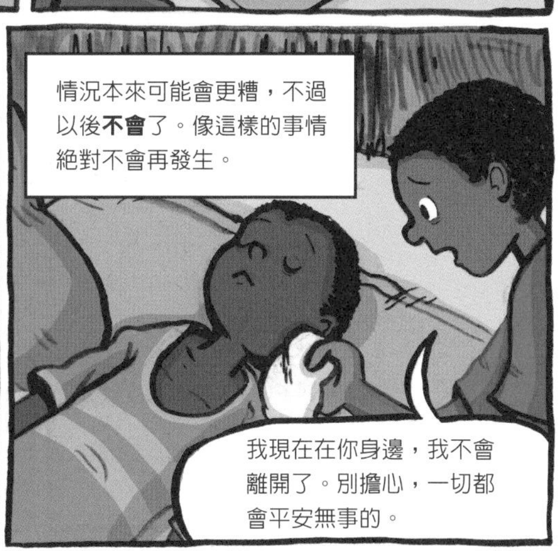
情況本來可能會更糟，不過
以後**不會**了。像這樣的事情
絕對不會再發生。
我現在在你身邊，我不會
離開了。別擔心，一切都
會平安無事的。

傑瑞在放學後把我的筆記本送過來，不過我叫他留著。
我已經自私夠久了，顯然我不應該上學，我需要陪著弟弟。

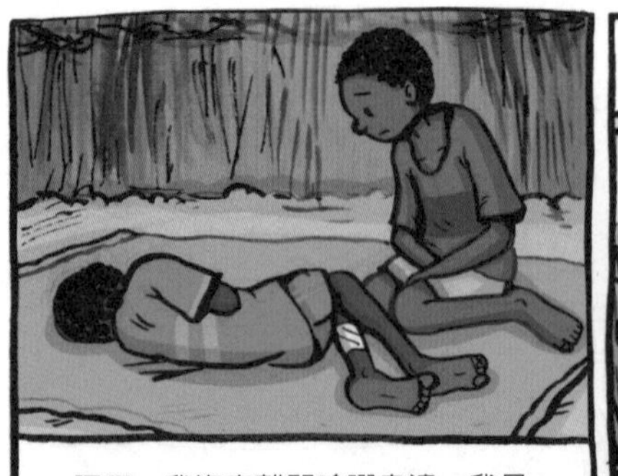

隔天，我沒有離開哈珊身邊。我是他唯一的親人，我怎麼能忘記照顧他是我的職責呢？

妮茉和她媽媽帶了些食物過來。
大家都說你要退學了。

我得留在這裡陪哈珊。
不過，嘿，這對你和瑪麗安來說算是好消息吧？少一個去加拿大的競爭對手。

我……我說錯了什麼嗎？
（嘆氣）不是你的問題，是瑪麗安。

她父親已經安排她下個月結婚，而且不讓她參加考試。他說既然她不會繼續上學，那麼參加考試也就毫無意義了。

可是……可是瑪麗安一直那麼努力念書！而且下星期就要考試了，這太不公平了！
歐馬，我的遭遇讓我學會不要太嚴苛的評斷他人。這裡每個人的家庭情況都很糟糕。瑪麗安有三個弟弟妹妹，她爸媽需要考慮到所有的人。

瑪麗安的父親為她找到了一個好人，從他們結婚所得到的錢將對她家有幫助。
可是你送**妮茉**去上學啊，你說女孩子接受教育很重要！
我很幸運，有兩個兒子供養我，而且我編的籃子可以賣不少錢。我負擔得起送女兒去上學。

這世界上有很多人沒有你和我這麼幸運，記住這點，歐馬。
我很難相信我或營地裡的任何人算**幸運**，這裡的生活實在太不公平了。

哈珊逐漸康復，很快就到了考試的前一天。我不由得想到我所有的同學都在準備考試，我好奇誰會通過、誰會不及格，我好奇瑪麗安考得如何，我好奇**我自己**會表現得怎麼樣。
也許有一天我可以回去學校。

嘿。
喔，嗨，瑪麗安。

我聽說你要退學。
對，我必須照顧哈珊。在所有人當中，只有**你**一定會懂。

不，我不懂。我不懂怎麼會有人拒絕上學的機會。

假如我是男生，你認為我會被迫放棄學業嗎？不會。我本來可以去加拿大的，我**知道**我辦得到，並且可以帶全家人一起去，現在卻沒有機會了。

現在我得嫁給一個我根本不認識的人，我**非常害怕**。你明白我的意思嗎？我怕死了。

我的夢想、我對家人的希望，全都**破滅**了，而你卻這樣就放棄你的機會。
可是哈珊……

你是在拿哈珊當藉口。你以為你一直陪在他身邊，替他解決所有的問題是在幫助他，但是他其實比你想的更有能力。
他……他被痛揍了一頓，我卻沒在他的身邊保護他！

如果哈珊遇到麻煩，A2 區的**每個人**都會保護他。記得是誰把他帶回家的吧？要知道，你不是唯一關心他的人。

歐馬，你有天賦，也很聰明，而且善良。如果你繼續上學的話，可以幫助哈珊和其他像他或像我一樣的難民。
我覺得你很**自私**。

別哭了，阿妮莎。我們得回家泡茶了。

自私！

媽媽交代我要照顧你，所以我就這麼做了，她竟然敢說我自私？

就是說啊，呼唷。

那天晚上我沒有講任何故事給哈珊聽，整晚都在和自己爭辯。
就算我想參加明天的考試也沒辦法啊，我已經一個星期沒念書了！
我只不過是照顧家人而已，怎麼會自私呢？

等哈珊終於睡著後，我走到外面去思考。
也許在外面，我會明白爸媽希望我怎麼做。
不過我沒發現我爸媽，卻看到……

法圖瑪？你怎麼還醒著？
歐馬，我很抱歉讓哈珊跑走。我年紀大了，要跟上你弟弟實在是力不從心。

瑪麗安說我過度保護他了。她說有很多人愛哈珊，我不可能一直照看著他。

嗯，這是真的。那是神賜給哈珊的禮物，他很體貼、樂於助人，而且待人友善，很多人喜歡他。
我從來沒想過待人友善是個**禮物**。我以為……他就是**那樣**的人，也許我錯了。

每個人都是上天賜予的禮物，那正是神創造我們的模樣。**愛**也是個禮物。神給了你一份禮物，讓一群人關愛並且保護你和你弟弟。你應該向神祈禱並感謝，神會指引你下一步該怎麼做。

我不知道這樣算不算祈禱……不過我凝視著弟弟沉入夢鄉，同時感謝神賜給我們所有的**美好**事物。

接著早晨來臨。今天是考試的日子。
我做了晨禮。

我叫醒哈珊，和他一起走去法圖瑪的帳篷。
瑪麗安在那裡。

今天我來照顧哈珊。我會幫他換繃帶，也會連同自己的弟弟、妹妹一起照看他。你去參加考試吧。

可是……
可是**什麼**？

可是……可是……我已經一個星期沒念書了，我說不定會不及格！
也許你會不及格，然後就不用再去上學了。也許你會通過考試，那你就必須想清楚下一步該怎麼做。只有一個方法可以知道結果會是如何。

我、我……
歐馬，我是在給你機會。這是我自己沒有的機會，你到底要不要接受？

我知道自己的決定。
謝謝你，瑪麗安。

現在我明白了妮茉的媽媽和法圖瑪告訴我的話。我的確很幸運，有這麼多人關愛並支持我和哈珊。法圖瑪、薩蘭、瑪麗安、傑瑞、我們所有的鄰居——我可以信任我周遭的這些人。

我很快就會回來，你留在這裡幫忙瑪麗安和法圖瑪，好嗎？
我們也許是難民和孤兒，但我們並不孤單。神賜給了我們愛這份禮物。

就像我剛開始上學的時候，薩蘭告訴我的……
當神賜給你天賦，好好加以運用就是你的職責。

丹弟！

我就知道你會來！

你以為只要考試當天出現就會及格嗎？祝你好運啊。

阿里，我已經得到了我需要的所有運氣。我希望你也同樣好運。

妮茉，祝你好運。
我也不需要運氣，我一定會通過考試。我會為瑪麗安通過考試。

我從來沒看過我的同學這麼緊張，有的人悶不吭聲，有的人則是大聲說個不停。

即使是對那些我不喜歡的同學來說……這似乎都不公平。我們都只是想上學的孩子。

至少考試和現實生活不同，會有正確或錯誤的答案。

無論及不及格，我都盡了全力，現在只能聽天由命了。
我深吸一口氣。

姓 名：歐馬・穆罕默德
第一題：

第二部
兩年後

在難民營裡，一切都可能改變……
也什麼都不會改變。
我還在這裡，所以**這點**
並沒有改變。

不過……我們有了一隻羊！法圖瑪的朋友被重新安置到瑞典後，把羊送給了她。

嘿，別咬我的
T 恤！

布朗妮討厭我，可以說是我的死對頭……不過現在我們有羊奶可以喝，還可以賣掉剩餘的羊奶，那代表我們偶爾可以買鞋子、衣服之類的物品。我想這就是布朗妮老是折磨我的原因——她知道我擺脫不了她。

你可能也注意到了我全套時髦的新衣服。法圖瑪有個朋友的兒子死了，他的身材和我差不多。他得了糖尿病。我不認識他，否則穿著死去孩子的衣服感覺應該會很詭異。事實上，只要一想到這件事，我心裡還是覺得有點怪。

以前他的心臟就
在我的心臟位置
跳動。
有時候早上我換衣服時會
小聲的向他說聲謝謝。

丹弟，我們走吧，上學要遲到了！
對了，我上中學了！我通過了考試！

哈珊？我要走嘍，下午會回來。

哈珊？

我想我不必太擔心留他一個人，他忙著照顧布朗妮，幾乎沒注意到我走了。他每天早上給她新鮮的水喝，然後和法圖瑪一起帶她去散步，走很長一段路好讓她吃草。哈珊對動物很有一套，我想他比我更適合在農場工作。

下午，法圖瑪睡午覺時，
哈珊會去找瑪麗安。
嗨，歐馬。
嗨，傑瑞。
UNHCR

瑪麗安的丈夫年紀很大，不過要求不會很嚴格。只要她做完家事，他不介意她在下午的時候陪伴哈珊，或者繼續和妮茉一起讀書。

走吧，妮茉，
我們要遲到了！
我放學後會再過來。
不要忘記幫我問老師那個光合作用的問題，好嗎？

妮茉當然也通過了考試，她甚至拿到了女生的最高分。但是之後如果……誰知道會怎樣呢？

我和妮茉、傑瑞常常一起走路去學校，途中會遇到很多這區無法上中學的孩子。

嘿，你們兩個！
晚點一起踢足球？
好啊，如果我們沒有太多家庭作業的話，當然好！
儘管高阿里是個混蛋，我還是為他感到難過。我還記得以前朋友們去上學，我自己待在家裡的感受。

我們就讀的中學看起來和之前的小學很像，
不過沒那麼擁擠。
我們班上有三十七個男生和十二個女生。

我們每天都從朝會開始，學校裡所有的人都坐在外面，我們會先在地上灑水，這樣才不會弄得滿身塵土。朝會通常很無聊——老師說明學校的時間表，或是社團聚會，或是即將到來的考試。不過朝會也有很棒的時候……

太好了！
是麥可！

麥可是我們的英文老師。我想如果在索馬利亞，他應該會是妮茉的媽媽經常提到的詩人之一。

早安！

他能夠用言詞帶領你到別的地方。

各位同學，我要你們閉上眼睛……然後想像夜空。

現在想像自己是其中一顆星星，
你的光芒燦爛，照耀遠方。

現在張開眼睛，睜大一點，
看看坐在你們周圍的朋友。

在你們的一生中，有人可能會朝你們吼些難聽的話，像是「難民，滾回去」，或是「你沒有權利待在這裡」。

當你們遇見這些人時，叫他們看向星星，看星星如何劃過天際。
沒有人會叫星星滾回家。

告訴他們：「我是一顆星星，我和星星一樣應該存在。我怎麼會知道？」

「因為我在這裡。我就在這裡，證據就在星星之中。」

這段話如果出自別人口中，聽起來可能會很浮誇，不過麥可就是有辦法讓你相信自己。

接著進教室上課。第一堂是英文課。

今天我們要朗讀自己寫的文章（當然是用英文寫的），題目是長大後想做什麼。

歐馬，你上來吧！

我長大後想成為聯合國的社工。社工人都很好，他們樂於助人，幫助飢餓的人獲得食物，協助生病的人就醫。這就是我想當社工的原因。

我仍然對我們在索馬利亞的農場懷抱著夢想，可是我正在努力忘記。
人不能活在過去，夢想是不切實際的。

非常好，歐馬，你可以坐下了。

除此之外，我想我會成為一個很棒的社工。對於那些無法為自己挺身而出的難民，或許我可以幫助他們獲得更公平的待遇。

下一個是……妮茉！
上來，妮茉。

（清嗓子）我長大後想當一個律師。律師必須在法庭上為案件申辯，我想這點我很擅長。
我也覺得。她一定很厲害！

律師可以幫助人們了解自己的權利。我想要幫助女性難民了解自身的權利，讓她們過更公平的生活。
這是個可敬的目標，妮茉，謝謝你。

最近妮茉很少提到要成為演員或歌手的事，事實上，她變得安靜許多。我很久沒聽到她唱歌了。

其他學生對於長大後想做什麼有些標準答案：足球選手、飛行員、肯亞總統、索馬利亞總統。

傑瑞，我的孩子，輪到你了。

我坐直了身體，很好奇傑瑞寫了什麼。我們談到未來時，他通常都在說去美國的事。

我從傑瑞拍腿的樣子可以看出他很緊張。

我長大後想當……老師，可能是英文老師。老師可以鼓舞學生，讓學生對未來充滿希望，讓他們相信自己可以做到任何想做的事。我認為當老師是一件非常棒的事。

當老師的確是一件很棒的事，而且我可以看得出來，你會是個非常優秀的老師。你可以坐下了。
真會拍馬屁。

當老師啊。我想要引起傑瑞的注意，但那堂課剩餘的時間，他都只是盯著鉛筆看。

放學後，我們像平常一樣一起走回家。
嘿，傑瑞，我不知道你想當老師耶！
儘管笑吧。

我沒有笑啊，我覺得你會成為一個好老師！
最好是啦。

哎喲！

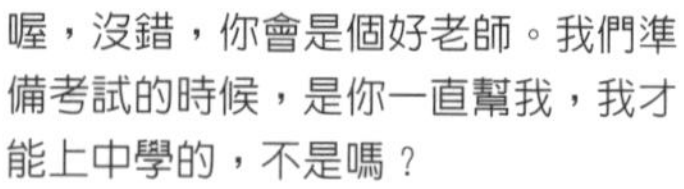
喔，沒錯，你會是個好老師。我們準備考試的時候，是你一直幫我，我才能上中學的，不是嗎？

我們剛開始的時候，你才第三十三名，我要做的可多了。
嘿，你那時候說第三十三名不算太差啊！

我們回家的新路線正好會經過市場，通常我們會繼續往前走，不過今天……
嘿，我們可以停一下嗎？我媽要我買些糖。
呃，我應該直接回家……

拜——託啦，你知道我不喜歡自己一個人走在市場裡。來嘛，只要一下子就好。
哼。

他怎麼了？
（聳肩）

毫無意外的，妮茉開始和賣糖的小販聊天……

還有賣衣服的……

還有我們在街上遇到的鄰居……

我們現在可以離開這裡了吧，拜託？
我聽到的是我兒子的聲音嗎？跛子，給我過來！

好極了，真是謝謝你了。
?

嘿，大家看哪，那是我兒子，我們都叫他跛子！他還小的時候幾乎不能走路呢。

傑瑞的爸爸看起來和我上次見到他時大不相同，他的兩眼通紅，臉龐凹陷。他和坐在他身邊的男人全都在嚼恰特草。營地裡有很多男人嚼恰特草，他們說這可以幫你……忘記一些事情。

爸，我現在可以走路了。
嘿，你今天到哪裡去了？去學校嗎？你還在上學啊？他們在學校裡都教了你什麼？你今天做了什麼？

我們，嗯……
說大聲點！我聽不到！

我們唸自己寫的文章，題目是長大後想做什麼。
哈，好題目！我可以告訴你，你將來會做什麼——你會當個難民。
那你寫了什麼？你長大後想做什麼？

我覺得……我可能想當……老師？
最好是啦，我不認為像**你**這種人可以成為老師，**跛子**。

那你呢？**你**想做什麼？
我嗎，先生？我……呃，我想為 UN 工作……

喔，天哪，又來了……
UN？UN！別跟我提到 UN，那群沒用的騙子！幫助難民是他們的職責，結果他們幫了我嗎？我說我在索馬利亞有生命危險，必須被重新安置的時候，他們聽進去了嗎？並沒有！他們沒有幫助任何人，只有幫他們自己得到昂貴的車子和大房子。

這就是他們在學校裡教你們的嗎？讓你們的腦袋充滿荒唐的夢想，想像自己能成為什麼樣的人？教導女孩子可以成為任何她們想成為的人？

妮茉稍微躲在我們後面低垂著頭。

還有你，我的親生兒子，你想當老師？你要怎麼找到工作？難民根本就不被允許工作！

我的老師麥可……他也是個難民……

那他們付給他的工資八成是做同樣工作的肯亞人的十分之一，我們這些難民在這裡只不過是奴工。看看周圍吧，我們四周都是沙漠，你們現在就是在監獄裡，一座無限擴張延伸的巨大監獄，你們這輩子都要在這裡度過。這是你們老師不會告訴你們的**真相**。

現在給我滾開，立刻從我的眼前消失。

嗯，那番話真是令人振奮。
閉嘴。

後來我們走回家的路上都很安靜。

哈囉？
我回來了。

自從布朗妮加入我們的生活後，
就沒有人熱情的歡迎我了。
喔，歐馬，
你回來了。

法圖瑪……我去上學是不是很蠢？
如果以後我找不到工作，那上學還有什麼意義？

嗯……我們永遠不知道人生將會發生什麼事，不是嗎？神總是出乎我們的
意料之外，在祂願意時恩賜我們，就像祂為我們帶來布朗妮一樣。
所有的話題都會繞回
那隻蠢羊身上。

所以你就繼續上學，接受教育並做好準備，這樣一來，等神向你揭露祂的計畫時，你已經準備好了。
這裡就像一座監獄。

你還活著，不是嗎？你甚至還去上學呢。只有當你讓自己的人生變成監獄時，人生才會像監獄。不如把這兒想成更像是……神的等候室吧。

這就是難民營給人的感覺，彷彿是一間巨大的等候室，擠滿了成千上萬的人，永無止境的等待、等待、等待。
這裡的每個人只想要一處稱之為家的地方，一個可以工作、上學，以及家人可以安全無虞的地方。
UNHCR
The UN Refugee Agency
UNHCR
The UN Refugee Agency
然而，住在等候室裡怎麼可能會有家呢？也許傑瑞的爸爸說得沒錯，因為有時候我的確覺得這裡像是一座監獄。

第八章

隔天走路去學校時，我可以看出傑瑞也一直在想他爸爸說的話。
彷彿我們一夜之間突然長大成人，必須馬上決定我們的未來。

我聽說有人偷偷跑到奈洛比，在那裡找工作。或許我以後也會這麼做。

那不是……非法的嗎？我們不能在奈洛比工作，因為我們不是肯亞人。
那又怎樣？我們也不能在這裡工作啊，有什麼差別？

我兩個哥哥都在當口譯員，他們有工作。
哼，是喔，那算工作嗎？那就像當老師一樣，不是真正的工作。難民不被允許有真正的工作，所以我們只能打零工，在市場裡賣木柴或幫忙卸貨來賺取一些零頭小錢。我們靠打零工維持生計直到死為止。

我知道在我心情這麼糟的時候，會希望人家別來煩我，因此我只是緊閉著嘴。

嘿，你們幾個，等一等，你們絕對不會相信！
還記得阿布迪卡里姆嗎？
以前和我們一起踢足球的那個小子？
對，他怎麼了？

他被重新安置了，去**美國**！快點，所有人都到他的帳篷那邊了！

等我們到達阿布迪卡里姆的帳篷時，已經聚集了一大群人。

這只是我們第一次參加UN 的面談，還不知道是不是真的可以去。
恭喜！
真是太棒了！
我才不想去美國呢，那裡道德敗壞。
喔，你只是嫉妒罷了。你明知道要是可以的話，你會毫不猶豫就去了。

你們聽說了嗎？
我們要去美國了！
你們什麼時候要去？
你們是怎麼知道的？
你們要發財了！

欸，在這裡磨蹭有什麼意義？
我們得走了，不然上學要遲到了！
有什麼**意義**？你瘋了嗎？**他要去美國了耶**！
說不定我們可以找出他是怎麼辦到的！

做這種夢只是在浪費時間！難道你們不知道得到重新安置的機會是百萬分之一嗎？
好了，歐馬，你要離開還是留下來？

呃……說不定我們可以得知他是怎麼辦到的……
哼，你們不過是在浪費時間！

你會買一棟大房子嗎？
他當然會買一棟大房子！在美國每個人都有大房子！
還有豪華的車子！
你們要去哪裡？紐約？還是加州？

所以呢？你爸爸是怎麼辦到的？你們家是怎麼被選中的？
我不曉得，我們的名字就出現在名單上。
名單。達達阿布的每個人都知道那份名單。

每個星期 UN 都會公布參加重新安置面談的人選名單。大家都說擠進名單的方法是宣稱自己有生命危險，例如你來自少數民族或是信仰非主流宗教，或者你的生命在索馬利亞受到威脅。

我想身為孤兒，以及哈珊的身心障礙都不夠危險，因為已經九年過去了，我們的名字從來沒出現在名單上。

我和傑瑞留下來跟其他男生談論美國的事，以及那裡可能會有的生活情況。在不知不覺間……
嘿，天快黑了。我們蹺了一整天的課，現在最好回家吧。

美國。
是啊。

踢

我……我還以為你爸付錢讓 UN 優先審理你們的案子……
是啊，你可以看出那招效果如何。現在他破產了，甚至不再到市場工作，只會和他朋友無所事事的坐著嚼恰特草。

我希望我爸沒有聽說阿布迪卡里姆一家要被重新安置的事，否則他一定會暴跳如雷……

你想留在這裡
過夜嗎？
不了，我最好回家去，我媽和我的兄
弟姊妹都在家。我們明天見。

那天晚上我沒怎麼說話，整晚腦子
裡只想著一件事……

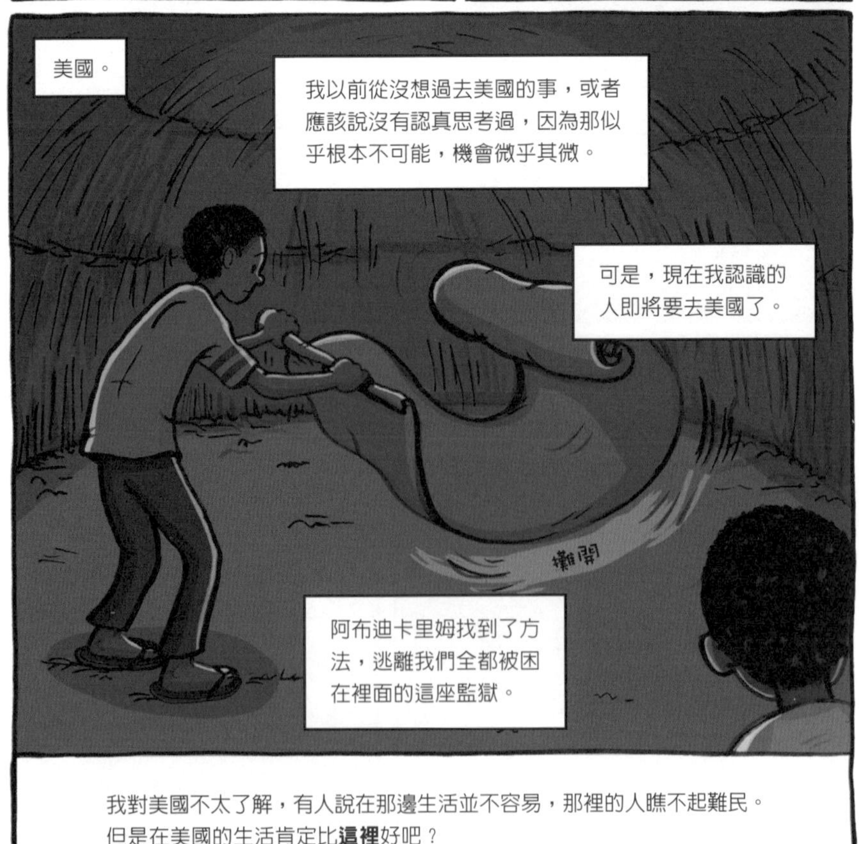
美國。
我以前從沒想過去美國的事，或者
應該說沒有認真思考過，因為那似
乎根本不可能，機會微乎其微。
可是，現在我認識的
人即將要去美國了。
攤開
阿布迪卡里姆找到了方
法，逃離我們全都被困
在裡面的這座監獄。
我對美國不太了解，有人說在那邊生活並不容易，那裡的人瞧不起難民。
但是在美國的生活肯定比**這裡**好吧？

至少我知道在美國可以上學、可以工作。
或許在美國，我們將安全無虞，可以有個家。

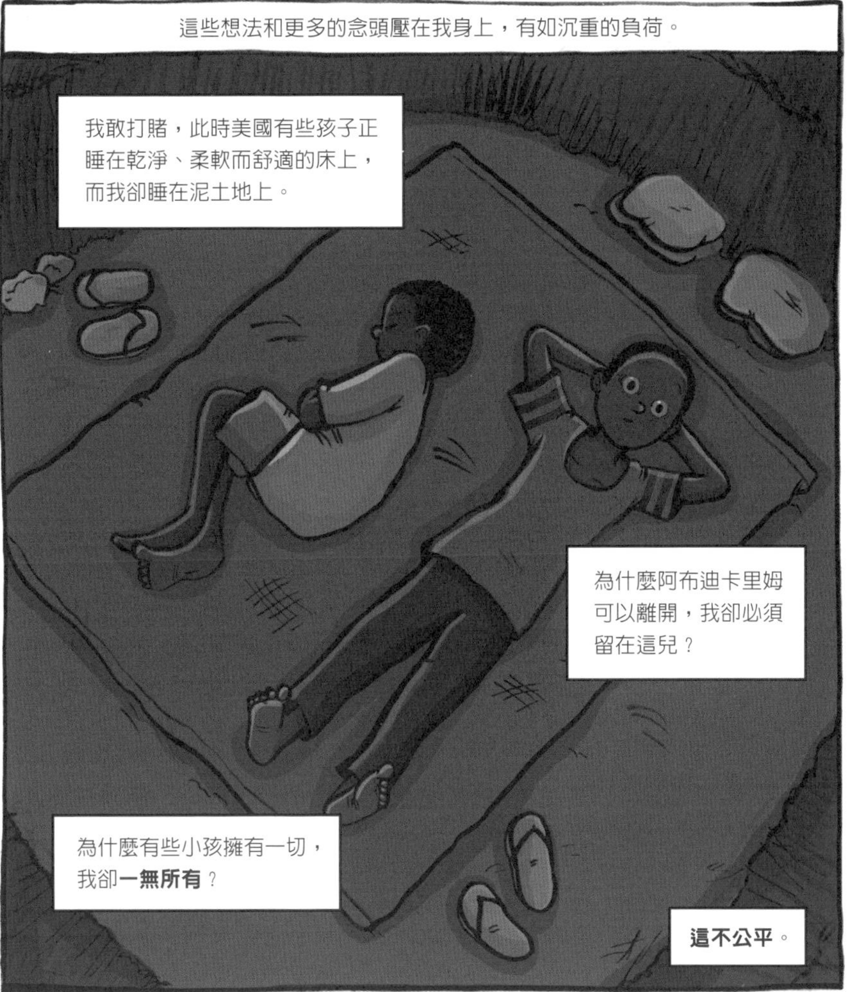
這些想法和更多的念頭壓在我身上，有如沉重的負荷。
我敢打賭，此時美國有些孩子正睡在乾淨、柔軟而舒適的床上，而我卻睡在泥土地上。
為什麼阿布迪卡里姆可以離開，我卻必須留在這兒？
為什麼有些小孩擁有一切，我卻一無所有？
這不公平。

當然，這樣想沒有任何好處，索馬利亞人甚至為此造了一個詞「Buufis」，意思是強烈渴望被重新安置。就好像是身體被困在難民營裡，心思卻已經住在別的地方。

這不公平。
這不公平。
這不公平。
有些人因此發瘋。

我不斷想著 UN 那份神奇的重新安置名單。你沒辦法申請加入名單，只能由他們決定。儘管如此，還是有些人開始在 UN 辦公室外面紮營，請求工作人員審理他們的案子。有些人像傑瑞的爸爸一樣試著行賄，即使遭到拒絕後，還是有人繼續嘗試。

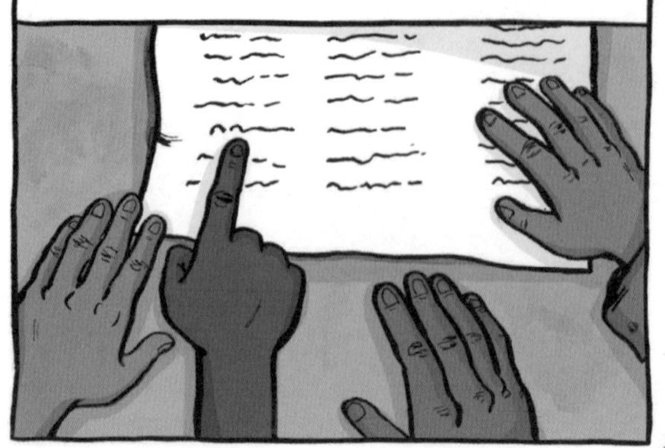

我聽說有一個人，他的案子遭到 UN 駁回後，因為無法承受而……自殺了。

突然間，我好嫉妒，好想離開這個地方，
感覺自己似乎就快要爆發了。

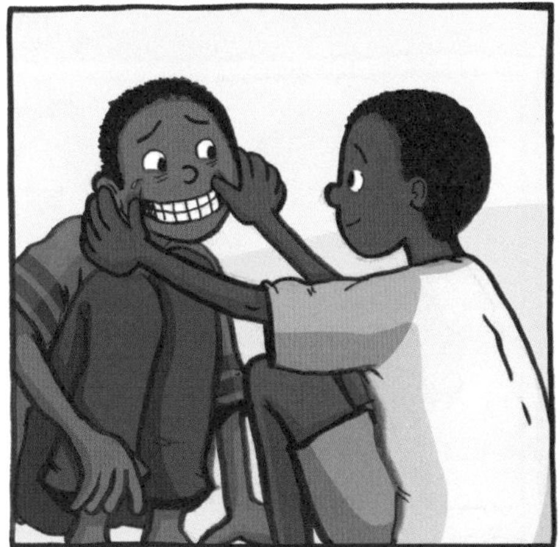

奇怪的是，即使哈珊一句話都沒說，卻是世界上唯一能夠讓我覺得好過些的人。

謝謝。

第九章

我試著忘記美國。
我努力回想法圖瑪告訴過我的話。神已經為我安排好了，我只需要有耐心。

當我想不起來的時候……

法圖瑪會讓我想起來。

我停止胡思亂想，從樹上取些樹液。把樹液跟燒過的木炭加些水混合，就會變成一種墨水。

我不常去杜格西，因為忙著做家務、上學，還有照顧哈珊，讓我很難抽出時間。不過如果我去的話，法圖瑪會很高興。況且，齋戒月快到了。

杜格西是我們學習《可蘭經》的地方，這裡有長木板可以讓我們在上面寫字。每個人會用樹枝製作自己的筆，然後在木板上謄寫《可蘭經》，一旦寫滿了就擦掉。

喂！（小聲）你怎麼來了？坐我旁邊吧。

伊瑪目帶領我們背誦《可蘭經》的一節經文。

與艱難相伴的，確是容易。
與艱難相伴的，確是容易。
上完課之後，我努力保持這種平靜的感覺。

嘿，齋戒月期間你打算禁食嗎？
我想應該會吧。你呢？
會啊。

齋戒月是我們的聖月。在這一整個月當中，所有的穆斯林從日出到日落都應該禁止飲食，但實際上，如果是年邁、生病或是正在旅行的人，嚴格說來可以免除。不過當地裡大多數的人即使生病或挨餓，還是會禁食，而許多和我同齡的孩子也會這麼做。雖然我們貧窮飢餓，但不代表不能遵循聖月的儀式。

嘿，順便說一下，我有個在齋戒月賺點小錢的計畫，你要加入嗎？

自從那天在市場遇見他爸後，傑瑞就一心想賺錢。上星期他帶我們深入灌木叢中尋找果實，打算拿到市場上賣。八個小時後，我們走出荒野，渾身都是擦傷……後來幾個大孩子過來搶走我們的果實。

不用說，聽到他有新計畫，我並不是很興奮。不過身為他最好的朋友，幫助他是我的職責。

所以我當然說——
好啊，我加入。

事實證明，傑瑞的計畫非常簡單。他在齋戒月的第一天解釋給我聽。

看看今天市場上的這些婦女，你覺得她們是來買什麼？
呃，食物？
開齋飯。大家都想在一天禁食結束後吃開齋飯來慶祝。
喔，對，開齋飯。

過去在索馬利亞——你知道的，那時我們有食物——在齋戒月期間，經過漫長一天的禁食後，我們會和朋友、家人一起共享大餐。開齋飯就是在日落時慶祝禁食結束。在索馬利亞，開齋飯可能是水果、蔬菜或肉類，而在達達阿布這裡……

我獻上……

柳橙飲料

柳橙飲料？你去哪裡弄來這一大桶？
你偷來的嗎？
柳橙
飲料
我當然不是偷來的！現在可是齋戒月，笨蛋！糖果店的阿里算是……借給我。

聽好了，這一整桶價值十先令，
我們必須還給他十二先令。

什麼？這不合理啊！我們為什麼
要付給他高出實際價值的錢？更
何況，我沒有十二先令，你也沒
有啊！
放輕鬆點，這
正是我們全部
的賺錢計畫。

這裡大多數的婦女也沒有十先令，所以買不起整桶的柳橙飲料。不過她們可以
花幾分錢買幾勺果汁粉，足夠為她們的家人做一份特別的美食來慶祝開齋……

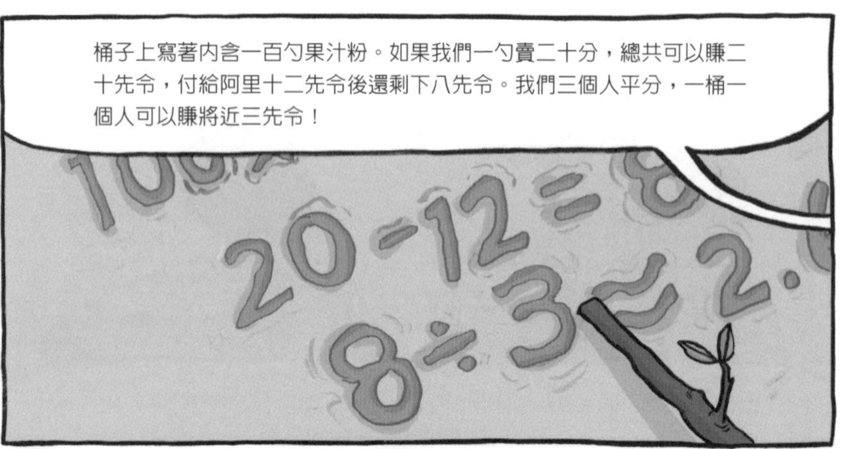
桶子上寫著內含一百勺果汁粉。如果我們一勺賣二十分，總共可以賺二十先令，付給阿里十二先令後還剩下八先令。我們三個人平分，一桶一個人可以賺將近三先令！
20-12=8

我還以為瑪麗安才是數學天才。
嘿，這計畫相當不錯呢！
謝啦，現在我們開始工作吧！
柳橙飲料

真是有禮貌的小夥子！
柳橙

或許是因為依照傳統，齋戒月是賑濟窮人和衣食欠缺的人的時節，我想很多媽媽購買果汁粉是因為同情我們，而且哈珊也特別會討婦女的歡心。不過，不管原因是什麼……

法圖瑪，你看，將近六先令耶，
明天還會有更多！
我的天哪，我可以用這些錢來買點茶和糖，我們明天就會有真正的開齋飯了！

我在齋戒月期間缺了幾堂課……但這只是難民營生活的一部分。
學校固然重要，但是養家也很重要，通常下午我還是會去上學。

況且，有了額外的那幾先令，
我和哈珊就可以準備慶祝……

開齋節！這天就快到了，
我等不及了！
柳橙飲料

開齋節是神聖的齋戒月結束時的盛大慶祝節日。這天是做禮拜、救濟窮人、講道的日子，另外還有……

糖果！

在開齋節的這一天，
早上醒來就先禮拜。

接著梳洗、刷牙，有新衣服的話就穿上新衣。
有些家庭甚至會提前六個月買好衣服，留到開齋節才穿呢！

我們沒有新衣服，不過我會確保我
和哈珊都有乾淨的衣服可以穿。

傑瑞也沒有新衣服。現在想想，他的襯衫和褲子都破了大洞——
我猜他可能穿很久了。不過，今天他這身衣服很乾淨。

接下來是盛大的會禮，通常是在足球場舉行。儘管天氣炎熱，不過今天這裡看起來像是有成千上萬的人。

我為我父母祈禱，但願他們今天在這裡和我們一起慶祝。
我也為自己和哈珊祈禱，期盼我們能夠找到離開難民營的方法——總有一天我們會找到一個家。

會禮結束後就放假了。開齋節實際上是孩子們的節日，
而營地裡有非常多的孩子。如果你向大人要糖果或錢……

開齋節快樂！
他們有的話就不能拒絕，
這是最棒的一點。

我和傑瑞、哈珊一整天都傻傻的用糖果和甜食把自己塞滿。我們跟遇見的其他孩子分享我們的糖果，能夠換我們給別人東西，這種感覺很好。

妮茉，開齋節快樂！
瑪麗安，
開齋節快樂！
開齋節快樂！
我很高興再次看到瑪麗安和她的弟弟、妹妹，
她和他們在一起時看起來真的很開心。

嘿，你們要泡泡糖嗎？
我們來比賽吹泡泡吧。

我要加入！
你知道我樣樣都
拿第一吧？
我知道瑪麗安現在結婚了……
不過能夠再當一天小孩真好。

這天最後的活動，也是最棒的活動是吃大餐。過去在索馬利亞，開齋節會舉行盛大的宴會，家家戶戶會精心烹煮菜餚和鄰居分享。我們在營地裡的食物有限，不過，無論大家有什麼食物都會與人分享。肉類、蔬菜、水果……沒有人想吃東西會遭到拒絕。

好幾個月以來，我和哈珊頭一次吃
個不停，直到再也吃不下為止。
在達達阿布，大多數人都又
窮又餓……可是至少有這麼
一天，沒有人會挨餓。

第十章

令人興奮的開齋節結束後，無聊的日常生活再度如潮水般湧回。不用說，在難民營中，無論任何形式的消遣都大受歡迎。

有電視拍攝小組！就在市場，我們走吧！

哈珊，快點！

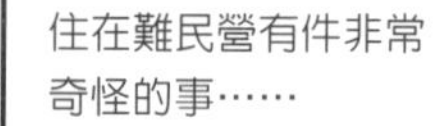
住在難民營有件非常奇怪的事……

有時白人會帶攝影機來報導這裡的生活情況。我猜這些新聞會在英國、澳洲、美國，或是記者出身的國家電視上播放。

每次我們一聽說有記者來就會跑去看。為什麼？嗯，一來是這樣子有事可做。

二來是有時記者或攝影師會給我們糖果。好耶！

現在我懂的英文夠多了，所以稍微聽得懂這些記者在說什麼。

記者現在在達達阿布，一座位於非洲肯亞中部的難民營。達達阿布成立於1992年，是提供逃離內戰的索馬利亞人的臨時避難所。然而，十年過去了，達達阿布似乎不再是暫時的居所，因為索馬利亞的動亂絲毫沒有趨緩的跡象。

記者滔滔不絕的說著，談論關於水和食物短缺，以及居住條件惡劣等問題。

接著拍攝小組會打包他們的東西……
抱歉，孩子們，我們的糖果都發完了。

然後坐上高級的車子駛離，揚起一團塵土。

我想知道在英國、澳洲或美國是不是有人看過這些節目，如果**真的**有人看了的話……

UNHCR
UNHCR
UNHCR

為什麼沒有人幫助我們呢？

有時記者或聯合國的人甚至會來學校查看校內運作的情況。你總是可以看得出 UN 的人何時要來，因為老師會搬額外的桌椅進來，好讓大家看起來都有位子坐。這會引起所有孩子的討論。

Gaal cadaan
（白人來了）！

之後老師就證實了。

啪啪
明天我要你們的衣服一塵不染。要是讓我看見你們的褲子上有一點點髒汙，你們就慘了，明白嗎？
（吞口水）

第二天，我們非常非常小心的背誦課文，沒有人敢在課堂上調皮搗蛋——儘管要是我們胡鬧的話，看老師的表情應該會非常有趣。

在這次特別視察的期間，一位白人女士在英文課時站起來對我們說話。
哈囉，各位同學，我叫做蘇珊娜．馬丁內斯。我是聯合國的社工，遠從西班牙來到達達阿布這裡幫助孩童。

你們都是適應力很強、很堅強的孩子，我在這間教室裡看見了很多的潛能。我希望你們的學業都能跟得上，如果你們在家或在學校有任何問題，隨時都可以提出來和 UN 的官員商量。我們是來這裡幫忙的。
聽起來她好像從麥可的「激勵演講入門」中抄了一頁。

我們準備要走的時候，麥可把我拉到一旁。
歐馬，下課後留下來一會兒，可以嗎？

（聳肩）

馬丁內斯女士，這位是歐馬，就是我向你提過的那個學生。
喔，歐馬，很高興認識你。麥可告訴過我關於你家的情況，他說你很勤奮，長大後想當聯合國的社工，是嗎？

是的，女士。

現在看來，我的夢想似乎有點蠢。這裡有一個真正的聯合國社工……但是她有乾淨的衣服和體面的鞋子。在她旁邊，我覺得自己格外的邋遢。

難民要跟上學業已經夠困難的了，更何況你沒有父母，還有個弟弟要照顧，我想對你來說肯定更加辛苦。

如果你有任何需要，我都會幫忙。
你願意的話，我可以當你的朋友。
好的，
謝謝你，
女士。

麥可會把你在學校的課業狀況告訴我。誰知道呢，說不定有一天我們會成為同事呢！

你們談了些什麼？
喔，你知道的，又是激勵談話入門。

她看起來人很好，彷彿她說的都是真心話……

但我也知道 UN 的工作人員都住在大房子裡，有高大的牆壁保護他們，裡面還有電和自來水。我知道他們開著高級的大車在營地裡四處跑。她對難民又真正了解什麼？

UNHCR

學校生活依舊繼續。我加入了辯論隊，因為可以和達達阿布其他營地的中學辯論，所以很有意思。我們辯論的主題大多是「難民的人權」，以及「教育對男生和女生為什麼很重要」之類……事實上，這只是我們練習英文的一種方式。

生活就像例行公事，日復一日，一成不變——上學、照顧哈珊、做家事。
幾個星期、幾個月過去。
平淡、無聊。
等待又等待。
我學到了生命中最大的驚喜往往在最意想不到的時候到來，這就是為什麼我對接下來發生的事情會毫無準備。

第十一章

這天就和其他日子一樣展開。
（碎碎唸
個不停）
事實上，我記得醒來時比平常更煩躁。
有時睡在泥土地上會讓你脾氣暴躁。

有人今天有起床氣啊！
我根本**沒有**床，那
正是問題之一！

傑瑞和妮茱看得出來我不想被打
擾，所以沒有試圖跟我說話。他
們這麼做很體貼。

在學校一整天，似乎所有可能出錯的事情都發生了。
抽考！
坐挺一點！
4571
50=
小夥子，我們
全都在等你。

然後，就在初階代數上到一半時，我的人生改變了。

歐馬！我要跟
歐馬說話！
571
=

抱歉啊，你以為你在做什麼？
竟然打斷我上課……
是哈珊嗎？
出了什麼事？
5

不是……是……還有妮茉，你們兩個都得過來一趟！你們的名字出現在名單上了，你們要接受 UN 的重新安置面談！

我從來就無法理解「時間靜止」這句話，直到這一刻。而且不只時間，
還有聲音、動作、我自己的身體……一切都停止運轉了。
4571
50=
35

然後在一片靜默之中，我聽見妮茉壓低的聲音。
我們**兩個**？
你是什麼意思？

你們兩個人都有！今天 UN 公布了新名單，你們兩個人的名字都在名單上，高薩蘭叫我馬上來找你們！

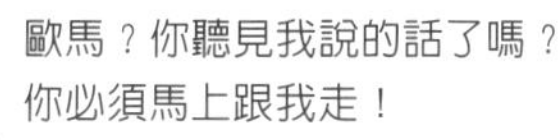
歐馬？你聽見我說的話了嗎？
你必須馬上跟我走！

好了，你們去吧，可不能讓UN等。
趕快出去，別打擾我上課！
老師也是難民。
我懷疑……他是否在……嫉妒？

我愣愣的收拾東西，感覺教室裡每雙眼睛都在盯著我看……

但是其中一雙眼睛讓我感覺特別強烈。

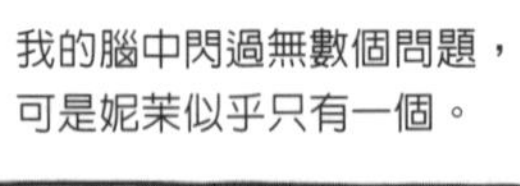
我的腦中閃過無數個問題，
可是妮茉似乎只有一個。

名單上還有誰？有我們
這區的其他人嗎？

就我所知，沒有別人了。

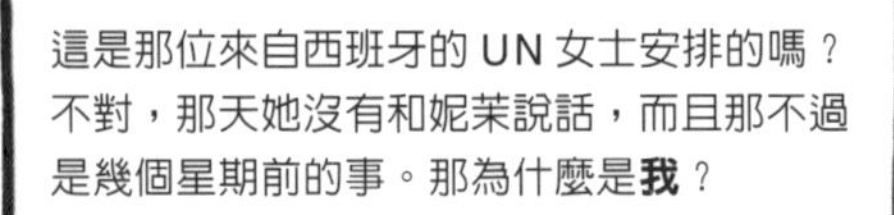
這是那位來自西班牙的 UN 女士安排的嗎？
不對，那天她沒有和妮茉說話，而且那不過
是幾個星期前的事。那為什麼是**我**？

這不是開玩笑吧？
假如這是玩笑的話……
這不是開玩笑！拜託，所有人都
在高薩蘭的帳篷那邊等你們。

薩蘭的帳篷前面聚集了很多人，哈珊和法圖瑪也在那裡。

這是真的嗎？我們
要去美國了嗎？
你們要先面談，就像阿布迪卡里姆他
們家一樣，記得嗎？這只是第一步，
並不保證一定可以。而且記住，無論
在美國、英國、瑞典或澳洲，難民的
生活都不容易……

然而，法圖瑪的疑慮被淹沒在周遭的人群裡。
等你們有錢了以後，別忘了我們喔！
你們要去美國了！
你們要去美國了耶！
我矇朧恍惚的腦袋裡悄悄照進了一小束光。
我們要去……美國了？
這時一個男人起身站到妮茉的哥哥旁邊，大家安靜了下來。
我來給你們一些建議吧。我跟你們說說和 UN 面談時會發生什麼事，讓你們做好準備。
這位是阿布迪卡里姆的爸爸，他們家在兩個月前接受了面談，正在等候回音。
首先，他們會和家裡的每個成員面談，所以務必讓每個人的說法一致。你是什麼時候離開索馬利亞的？為什麼？你在那裡有危險嗎？如果你回去會有危險嗎？
我們所有人回去的話都會有危險啊！
你說得一點都沒錯！

要確保每個人的答案一樣。他們就等著你出錯，這樣就能說你的經歷是假的，你不是真正的難民。
我找尋妮茉，以為她會為這件事情高興。如果有什麼事能讓妮茉開心，那就是熟記詳細的資料。

但是她看起來並不高興，相反的，她看起來難過而沮喪。

呼唷！
呼唷！
不行，哈珊，我想妮茉和瑪麗安現在想要獨處。

突然間，我也想要獨自一個人，可是不停有人靠過來。
你打算怎麼說？你的面談在什麼時候？你可以去上美國的大學了！

在這一大群人之中，我只想和一個人說話。
可是我沒有看到他。

我們的面談將在兩個星期後，而妮茱一家則在我們面談後的隔天接受面談。
我們有兩個星期的時間可以準備。
我的名字是歐馬．穆罕默德，這位是我的弟弟哈珊，我們出生在索馬利亞。

你們來自哪個城鎮……
喔，對，我們來自一個叫做馬里雷的小鎮。

自從聽到消息後，傑瑞就沒有和我說過半句話。我知道他很難過……而且嫉妒……
可是我以為他也會為我高興。

大家都說在面談時需要講述自己的人生經歷，包括發生了什麼事迫使你離開索馬利亞。來到難民營之後，我一直努力忘記過去，只考慮未來的事。

現在我必須回想所有發生過的可怕事情。

我的噩夢又回來了。
媽媽！

在等待的這兩個星期裡，我依然去上學……但是很難專心上課。

我的名字是歐馬．穆罕默德，我出生在索馬利亞。

傑瑞換了座位，這樣他就不用坐在我旁邊，他甚至不肯看我一眼。我想我能夠理解。

但是我想念我的朋友，真希望能夠和他談談我有多麼害怕。

面談前一天，有很多事情要準備。
我清洗了我和哈珊最好的衣服，等乾了以後再裝進塑膠袋裡帶著，以免在路途中沾上塵土。

我們洗了澡。

我們和平常一樣刷牙。

我們明天要走很長的路。我們會跟一些人談話……關於可能前往新家的事。
一個位在美國**完全不同**的家。
光是提到**美國**這個詞，我就渾身發軟。我真的非常緊張。

我們的面談時間是在明天一大早，而從這裡走到UN辦公室大約要一個小時。法圖瑪認為我們應該今晚就走去那裡，睡在辦公室外頭，以免錯過。

歐馬，去把你的睡墊捲起來好嗎？
好。

嗨。
我聽說你今晚要出發。

我想你可能需要借用我的提燈，以防萬一……我不知道，或許你半夜得在不熟悉的灌木叢裡找個地方小便。

兄弟，祝你明天好運。

接著，他稍嫌有點快的跑開，這讓我感到慶幸，因為我不想讓他看見我哭。
不過至少現在我覺得自己已經準備好，可以出發了。

好幾個鄰居陪我們走了一陣子。

你先走，我等等會趕上你們。

妮茉一家也在為出發做準備。
嗨。
嗨。

要面談了，你會緊張嗎？
我當然緊張啊，你明知道的。

我當然知道。在這營地的所有人之中，只有妮茉明白我現在的感受。
我覺得這就像自己的人生
完全取決於這次面談。

歐馬……為什麼是我們？為什麼在這營地的所有人之中選上了我們？
有很多人比我更應該得到這次機會。
她沒有說出口……
但我知道她在說誰。

我不知道，妮茉。
可是當神賜給了你禮
物，你就必須好好運
用，不是嗎？

我得走了，祝你
面談順利。
嗯，
你也是。

前往 UN 辦公室的路途很漫長。法圖瑪沒辦法走很快，所以我們花了比較久的時間。

大多數鄰居在陪我們走了一哩左右就陸續離開，之後我們只能靠自己。

等我們抵達時已經是傍晚，我很驚訝的看見很多人露宿在 UN 辦公室外面。

20
所有人都是明天參加面談嗎？

我去取了一些水，然後三個人一起吃法圖瑪為這趟旅程準備的無花果乾。

我們攤開睡墊。

呼唷！

因為走路，還有陌生的場所、陌生的人，讓哈珊興奮不已，他很難安靜下來睡覺，這回連我的故事也幫不上忙。

哈珊，躺下來，我跟你們說一個我小時候在索馬利亞的故事。

在我還小的時候，我們家住在一個偏遠的村落。有一天，我父親帶我們全家去摩加迪休旅行。
當時，摩加迪休是個繁榮而寧靜的城市，到處都可以買到食物。
你還可以看到所有古時候留下來的宮殿、清真寺和宣禮塔。
那是我頭一次看到大海，海水非常藍，和天空的藍不一樣。此外，空氣聞起來有鹽的味道。
大海看起來彷彿無邊無際。

我試著想像圍繞著我們的是
海浪，而不是沙堆。
我試著從吹拂而過的風沙
中聞出鹽的味道。
我想，那天晚上法圖瑪
幫助了很多人入睡。

第十二章

隔天早上我早早醒來，周遭的人開始準備的聲音吵醒了我。

我提來了水。我們刷完牙，
穿上乾淨的衣服。
非常帥氣！

等待。

隨著太陽逐漸升高，大家越來越焦慮，
開始擠到門邊，擔心自己遭到忽略。

終於，門開了。大家開始推擠，搶著擠到隊伍前面。

孩子們，跟在我身邊。
不用擔心，我們預約好了，他們會見我們的。
一切都會平安無事的。

我們走進一處很大的等候區。我不曉得為什麼已經有那麼多人在那裡。

每個人看起來都很緊張。

每隔一段時間，UN 的工作人員就會打開門喊……
賽義德．法拉。

阿卜杜拉希．米雷。

歐馬．穆罕默德、哈珊．穆罕默德。

突然間，我覺得兩腿似乎有點癱軟。
我強迫自己站起來，幸好有哈珊和法圖瑪可以讓我抓著。

UNH
The UN R
我們走進了辦公室。

請坐。我叫大衛，我為聯合國工作，
你的初次面談將由我負責。

英文！我不知道面談是用英文！我該怎麼……

這位是薩拉特，他會為你翻譯。
他說，他叫大衛，他為聯合國工作，你的初次面談將由他負責。我的名字是薩拉特，我會為你翻譯。
呼……

面談花了很長的時間。UN 的人先問問題，接著口譯員用索馬利亞語重複一次，我再用索馬利亞語回答，然後口譯員再用英文複述一遍。

你叫什麼名字？
Magacaa？
Magaceyku waa Cumar Mohamed。
我的名字是歐馬·穆罕默德。

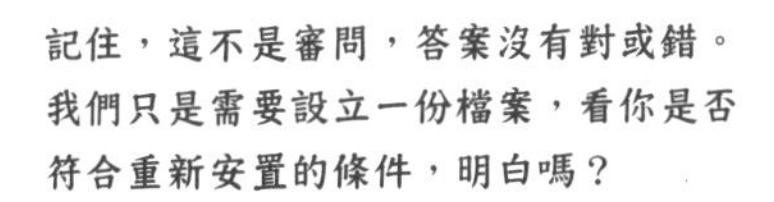
記住，這不是審問，答案沒有對或錯。我們只是需要設立一份檔案，看你是否符合重新安置的條件，明白嗎？

我好奇這位 UN 工作人員這輩子是否笑過。我真希望蘇珊娜．馬丁內斯在這裡。

呃……嗯，我明白。

只要誠實而詳盡的回答，就不會有任何問題。我們開始吧。

你是在哪裡出生的？

我出生在索馬利亞的馬里雷小鎮，那裡是農村地區，我們的父親是個農夫。

你還記得你的家嗎？
我那時年紀還很小，不過我記得……

一片綠。
我記得那片綠色。
我記得我爸爸去工作的時候經常帶著我到田地。
我媽媽會送午餐過來，然後我們一起坐在樹下吃。

你們一家為什麼離開索馬利亞？
……

歐馬？你記得你離開家的那天發生了什麼事嗎？

我在腦海中演練過這個陳述很多次。但我沒想過在陌生的房間，對這個冷漠的男人大聲說出來有多麼困難。

小夥子……

我記得……

我的玩具。我正在樹下玩玩具，我很喜歡那些玩具，那是我爸爸為我做的，我經常拿來蓋房子。

然後？
然後……

一群男人來了。我不認識他們，以前也從沒見過他們。他們走到田裡和我爸爸說話。
他們開始吼叫，然後……

砰！

砰！

砰！

我往家裡的方向跑。我媽媽正往田地
這邊走來，帶著我和我爸爸的午餐，
還抱著哈珊。

媽媽！

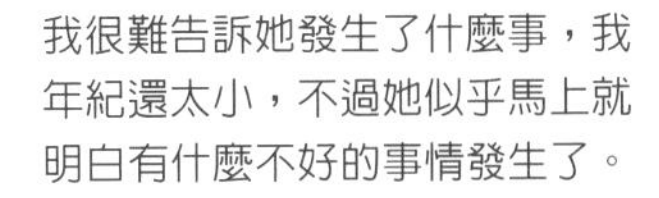
我很難告訴她發生了什麼事，我
年紀還太小，不過她似乎馬上就
明白有什麼不好的事情發生了。

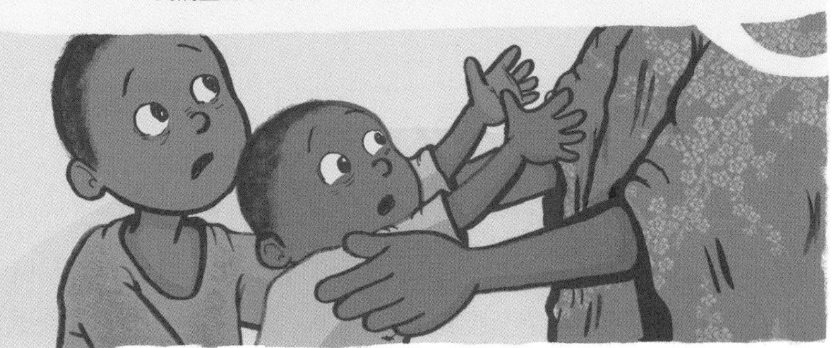
歐馬，帶著弟弟儘快跑回村子。
到隔壁的莎迪雅家，在我回去之前，她會照顧你們。

不要害怕，我勇敢的孩子，我
需要你照顧弟弟。我會儘快回
到你們身邊。

一切都會平安
無事的。

我們家和村子離田地很遠，哈珊也沒辦法走很快，
等我們好不容易走到鄰居家時……

歐馬！哈珊！快點進來，
我們聽到了傳聞……

然後我聽見槍聲，還有尖叫聲。不久，整個村子裡的人都跑了起來。
到處都是凶惡的男人。

快跑啊！
歐馬，快跑！
媽媽？
媽媽在
哪裡？

媽媽！

快跑！

我們拚命跑，不管跑往哪個方向都可以撞見更激烈的打鬥。我們只能跑啊跑的，不停的跑。

噓，歐馬，不能發出聲音！
我要媽媽！

你母親怎麼了？
我……

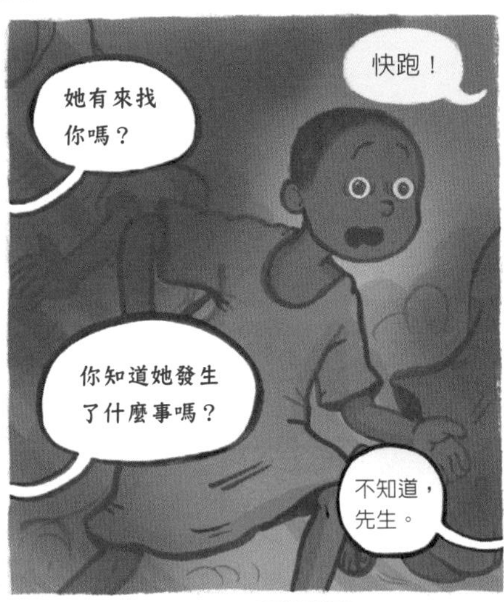

她有來找你嗎？
快跑！
你知道她發生了什麼事嗎？
不知道，先生。

你知道你母親現在在哪裡嗎？
她還活著，還是……
媽媽！

我不知道，先生。
我不知道，我不知道，
我不知道。

求求你，這孩子需要休息一下。

好吧，我們五分鐘後再繼續。

她為什麼沒來找我們？
我不知道。

她出了什麼事？她在哪裡？
我不知道，
我不知道，
我不知道。

我只知道……她愛你們，
媽媽向來如此。
呼唷。

（清嗓子）
我拿了飲料給你們，
喝點果汁吧。
（吸鼻子）

（吸鼻子）我的果汁
怪怪的，這是……

冰的！
嗯……
對。

這聽起來可能很奇怪，但那是
我這輩子第一次喝到冷飲。

（清嗓子）
我們可以繼續了嗎？

我猜他是想要……擠出笑容？

嗯，
我準備好了。

我告訴那個人，我們跟著鄰居走了好幾天……好幾個星期。這種感覺很奇怪，我們以前從來沒有和鄰居相處這麼長的時間，可是現在……他們掌握著我們的性命。

鄰居莎迪雅照顧我們，雖然她很老了，卻從來沒有想過要丟下我們。

我們走了又走……卻沒有地方可以去。戰爭太激烈了，發生在我們村子裡的事，同樣也發生在索馬利亞各地。我們必須找個安全的地方。

我們這一大群人沒辦法走得太快，因為大部分是老弱婦孺，但我們還是儘可能的加快速度。

隨著我們往前走，遇見越來越多逃離家鄉的人。我們不知道要去哪裡，只是一直走著，一步一步的往前進。

隊伍裡有人聽說在肯亞有個安全處所，提供索馬利亞人前往避難。那個地方是由聯合國管理，所以大人們決定我們應該離開自己的國家，前往那裡。

我們跟隨著其他索馬利亞人留下的記號。
一根折彎的樹枝，表示在這裡轉彎。

只要聽見打鬥聲，我們就躲在灌木叢裡。

有幾次我們沒有躲好，被盜匪給發現了。他們搶走我們的食物、衣服，還有我們的……一切。

雖然我的年紀還小，可是……我知道身邊的人逐漸死去。
我們隊伍裡的人變得越來越少。
我們的鄰居莎迪雅……她儘可能的照顧我們，但是……她沒能撐下去。

隊伍裡的其他人肯定一直在照顧我和哈珊，但是我記不太清楚了。

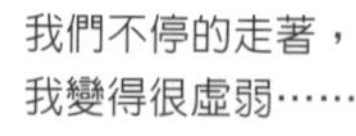
我們不停的走著，
我變得很虛弱……

越來越……

虛弱。

就在我覺得自己快要消失的時候，我們終於走到了營地。我對當時的事也記不太清楚了。

我知道非常非常多索馬利亞人因為內戰而逃離家園，我們全都被自動登記為難民，因為人數實在是太多了，沒辦法一個一個辦理。

UN 官員把我和哈珊跟隊伍的其他人分開，他們說我們生病了，必須待在醫院裡。

對我而言，前幾年像是迷失了一般。
我感覺自己整個人忽隱忽現，幾乎像是不存在。或許我是個鬼魂，哈珊也是。
營養不良。
生病。
瘧疾。
脫水。

我們在醫院裡待了很久。
漸漸的，我們開始恢復。

護士們必須重新教我走路。很可笑吧，在我們走了這麼遠的路以後，我還得重新學習。

在我們好轉以後，一名 UN 工作人員帶我們到之後的新家。
孩子們，這位是法圖瑪。因為你們的父母沒有一起來，
所以法圖瑪會照顧你們，你們就把她當成……養母。

我……我一開始並不喜歡法圖瑪……
對不起，
法圖瑪。

我要我媽媽。

我討厭那些不得不吃的食物。
扔
不要！

我習慣吃我們農田生產的食物和蔬菜。現在 UN 給我們麵粉和油，沒有人知道該怎麼用。有人以為麵粉是奶粉，拿來和水攪拌在一起給小孩吃，結果……有些孩子死了。

那哈珊呢？你是什麼時候
知道他有身心障礙的？

嗯……哈珊一直都和同齡的其他小孩不同。他不說話，而且很會發脾氣，可以連續尖叫、亂踢好幾個小時都不會累。

我是唯一能夠讓他平靜下來的人。
噓，哈珊，沒事的，我在這裡。我不會離開，我就在這裡。

然而，隨著他漸漸長大……我不是每次都能安撫他，當他癲癇發作——這是醫生的說法。他會倒在地上，身體開始抽搐，我沒辦法阻止。
法圖瑪！
幫幫忙！

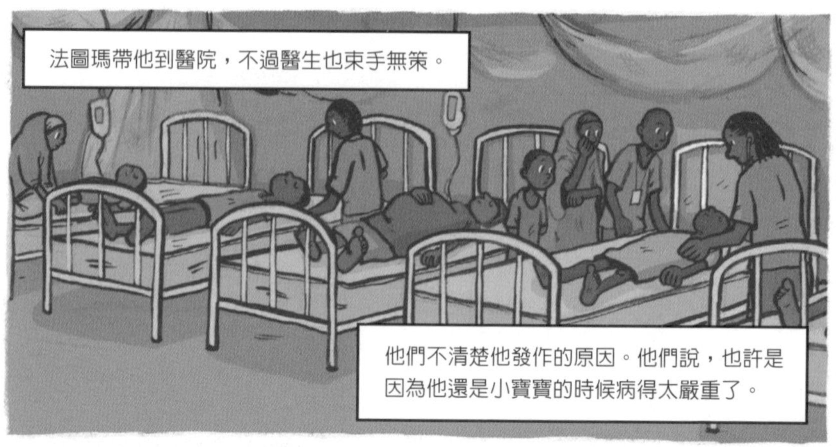
法圖瑪帶他到醫院，不過醫生也束手無策。
他們不清楚他發作的原因。他們說，也許是因為他還是小寶寶的時候病得太嚴重了。

他們沒有任何藥可以阻止他發作。

他們還說，我們所能做的最好就是一直看著他，
確保他發作的時候不會咬掉舌頭。

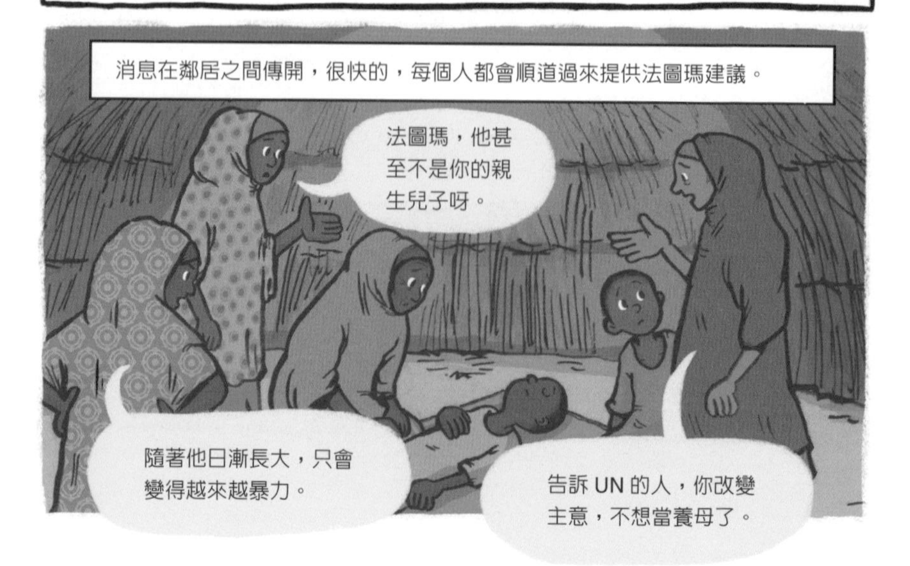
消息在鄰居之間傳開，很快的，每個人都會順道過來提供法圖瑪建議。
法圖瑪，他甚至不是你的親生兒子呀。
隨著他日漸長大，只會變得越來越暴力。
告訴 UN 的人，你改變主意，不想當養母了。

法圖瑪，你需要做的是把這個孩子綁起來，這樣他才不會傷害到你或其他人……

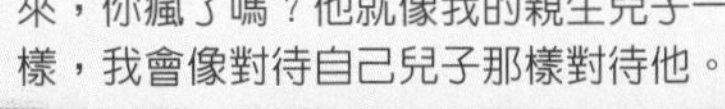

出去！你們全都出去！把一個孩子綁起來，你瘋了嗎？他就像我的親生兒子一樣，我會像對待自己兒子那樣對待他。

呼唷。
從那之後，我對法圖瑪的看法就改變了。

後來哈珊再度發作時，法圖瑪就在他身旁，壓住他的舌頭，一邊輕搖著他，一邊唱歌給他聽。

法圖瑪……
你為什麼想當我們的養母？沒有我們，你的生活不是會比較輕鬆嗎？為什麼你要對我們這麼好？

你們讓我想起了我的孩子。你們知道嗎？我有四個兒子。
是嗎？他們現在在哪裡？

他們在索馬利亞被殺害了。他們都是很好、很可愛的孩子，就像你們兩個一樣。

法圖瑪依然照顧著我們，UN 指定她當我們的法定監護人。

到目前為止，我已經說了很久很久，實在是累壞了，但 UN 的工作人員還是問了一個又一個的問題。終於……

很好，我已經有了開設你們的檔案所需要的一切資料，如果需要更多資料的話，會有人和你們聯繫。UN 官員將會在二到四個月內審查你們的案件，確認你們是否符合重新安置的條件。假如符合的話，就會找你們回來接受第二次面談。祝你們有個愉快的一天。

就這樣，我們又回到外面。在室內待了一整天後，太陽顯得非常明亮……我覺得膝蓋發軟……

我們周遭的其他家庭都在哭，有些人看起來驚魂未定。我想他們和我一樣，剛剛重新回顧了一生中最糟糕的時期。

那天晚上，我和法圖瑪、哈珊睡在UN辦公室旁的一棵樹下。
我們不認為自己有力氣馬上走回家。
UNHCR
隔天一早，我們醒來準備出發。
在我們要離開的時候……
歐馬！我們才剛到這兒，再過幾小時就輪到我們面談。你們的面談怎麼樣？
就……結束了。
那麼我想……我們學校見嘍。
好，學校見。

第十三章

接下來幾週，不斷有鄰居和朋友過來詢問面談進行得如何。
你們要去美國了！

在學校裡，同學也一直為這件事來煩我和妮茱。

你們要去美國了耶！
把我裝在你的行李箱裡帶走吧！

嘿，我可是他最好的朋友，如果有人可以躲進他的行李箱，那就是我了。

萬一……他們沒有選中我怎麼辦？好多問題我都沒有答案。我覺得我在面談時表現得很糟。

你一定可以去的！你知道他們說擁有真正悲慘經歷的人都會被重新安置。你是個孤兒，而且你弟弟又有身心障礙，誰的經歷會比你更悲慘？

等待很難熬……可是大家似乎都很確定我即將被送往美國。
我開始稍微想像我和哈珊、法圖瑪在美國的生活是什麼模樣。

當然，我還是繼續上學，畢竟我不希望開始在美國上課時，落後班上同學太多。
我好奇美國的學校是什麼樣子，也好奇我會上什麼樣的課程。
所以……我在學校可能沒有盡全力學習。不過，反正年底我就會在美國了，何必擔心課業呢？

離面談結束已經過了一個月，我並不是很擔心。畢竟 UN 的工作人員說過，需要二到四個月才會收到消息。

然而，在等待了兩個月之後……

我開始有點……
瀕臨瘋狂。

我變得提心吊膽。在學校裡，每次一有人進門，我都確信是鄰居來通知我，我的名字出現在第二次面談的名單上。

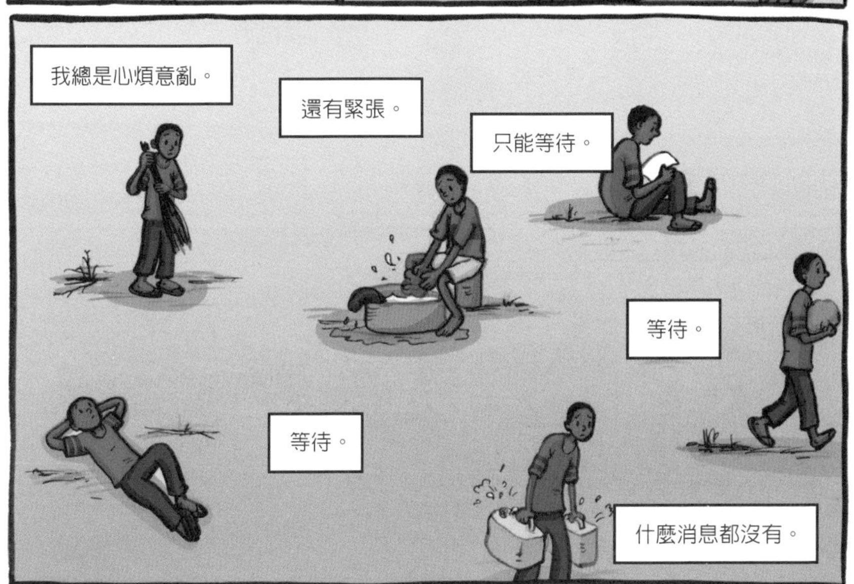
我總是心煩意亂。
還有緊張。
只能等待。
等待。
等待。
什麼消息都沒有。

或許哈珊能感覺到我的焦慮……因為沒過多久，哈珊的病再度發作了──距離他上一次發作已經是兩年前的事了。然而，醫生依舊無法確定是什麼原因造成的，也不知道該如何幫助他。他們說要再觀察看看。

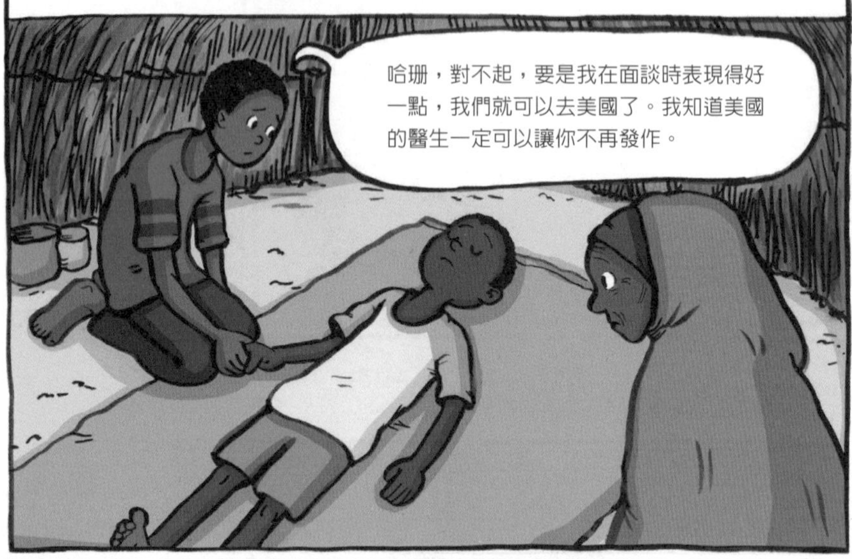
哈珊，對不起，要是我在面談時表現得好一點，我們就可以去美國了。我知道美國的醫生一定可以讓你不再發作。

在難民營裡，你唯一能做的似乎就是**等待**。

等待著看弟弟是否能夠康復。

等待水。等待食物。

等待接到聯合國的消息。
等待人生展開。
傑瑞，你準備好了嗎？
我告訴過你多少次，不要插手我和你媽之間的事！馬上給我滾出去，跛子！
等待生活改善。
這座營地裡的每個人都在等待情況好轉。
等啊等。
等啊等。
（吸鼻子）
等啊等。
但在失去所有希望之前，你能等待多久？

第十四章

等我開始上八年級的時候，總算越來……
越少……
想到美國的事。

就像我說的，在難民營裡，生活還是要繼續過。
我讓自己保持忙碌，新的年級和新的老師占據了我的心思。

哈珊沒有再發作。他照顧布朗妮，還有幫忙瑪麗安，似乎過得很開心。

只不過每當我以為自己已經忘記美國了……
總會有事情提醒我。
歐馬，醒醒！
我有個好消息！

我們要被重新安置了嗎？我們要去美國了？
美國？不是，是布朗妮，她懷孕了！

布朗妮？那隻……羊？

對呀！如果一切順利，不久我們就有三、四頭羊可以擠奶了……
你要去哪裡？

我要去提水！

我突然火大起來，氣自己又燃起了希望。我依舊困在這裡，而且還應該為幾隻蠢羊感到高興？

呼唷！
不行，你留在這裡！你只會拖慢我的速度。
我受夠了你拖我後腿！

我儘量不去看哈珊臉上
受傷和驚訝的表情。

（氣喘吁吁）
歐馬！
妮茉？

歐馬，我家收到第二次面談通知了！你也收到了嗎？你覺得這是真的嗎？我們真的要去美國了？我從沒想過這件事會真的發生……

你是怎麼知道你們家面談的事？誰告訴你的？
昨天晚上高薩蘭告訴我哥的……歐馬，你要去哪裡？

先生！先生！我聽說妮茉家在第二次面談的名單上，那我……我們……

沒有，歐馬，我沒有從UN 官員那裡聽到你們的案子的消息。
你確定嗎？說不定……

這星期的名單上只有妮茉家和阿布迪卡里姆家。
那是跟我一起踢足球的朋友。這麼說，他們家也得到了第二次面談的機會。

每個星期都有新名單出爐，身為社區領導人，我都會先找出名單上是否有這一區的人。只要一有消息，我就會馬上通知你。

我以為已經消逝的狂熱……又在我心中點燃，再度控制了我，甚至比之前更加嚴重。我變得滿腦子只想著去美國。

我確信下個星期我們會出現在名單上！或許他們每個星期只能面談一定數量的人，下次我們的名字肯定會在名單上！

然而到了下個星期，我們的名字依舊沒有出現在名單上。

下下個星期也沒有。

再下下個星期也沒有。

我越來越深陷在黑洞裡。不僅如此，我覺得內心似乎也有一片黑暗逐漸擴大，讓我感到憤怒、暴躁，並將怒氣發洩在我最愛的人身上。

我幾乎再也無法直視妮茉，更別提和她說話了。我假裝沒注意到她變得比以前更沉默、更悲傷，我從沒見過她這樣。

我裝作不知道他們一家去接受第二次面談……或是第三次。我假裝沒聽到學校裡的同學問她這件事。

你什麼時候要出發去美國？

我們不會去美國……我們被重新安置到加拿大。

我得走了。

等一下，歐馬！

拜託，和我說說話！我很遺憾被選中的是我而不是你，我很遺憾不是瑪麗安，這不公平！求求你，歐馬，請原諒我。

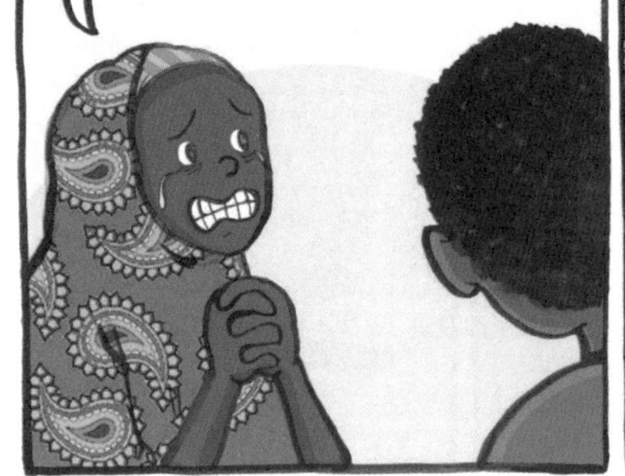

我假裝沒看到她內疚得心碎的模樣。

我轉身不理她。

我裝作不知道這讓傑瑞夾在中間左右為難。

你要知道，她真的很難過。只要你告訴她，你為她感到高興，你不怪她……

是啊，講得好像當初你以為我要去美國的時候，你多麼輕鬆就做到了。現在我被困在這裡，你就突然有一肚子的好建議。

也許你並沒有被困在這裡，說不定你還是會去呀。UN ──

閉嘴！你明知道那不是真的！都已經過了好幾個月，更何況……

我感覺惡意在心中翻騰。
更何況你很**高興**我不能去美國！你很**開心**我和你一起被困在這個難民營裡！

我只是想讓你好過一點！我是你的朋友，但你有把我當成朋友嗎？我連一次面談的機會都沒有，你卻一點都不在乎！

我往周遭散布陰鬱的情緒，
影響了身邊的每一個人。
而我在這世上最在乎的人，
受到了最嚴重的傷害。

近來哈珊經常幫忙做家事，可是現在只要我
一生氣……就會變得不耐煩。
不用，哈珊，
你回去和法圖
瑪待在一起。

走開！

別來煩我！

走開！

哈珊？歐馬？
這是怎麼回事？
你們兩個在吵架嗎？

不關你的事，瑪麗安。
如果你因為自己憤怒的情緒就
對附近的**每個人**都這麼惡劣，
那就關我的事。

你根本就不懂！你不明白那是什麼感覺，
曾經距離夢想這麼近，然後……然後……

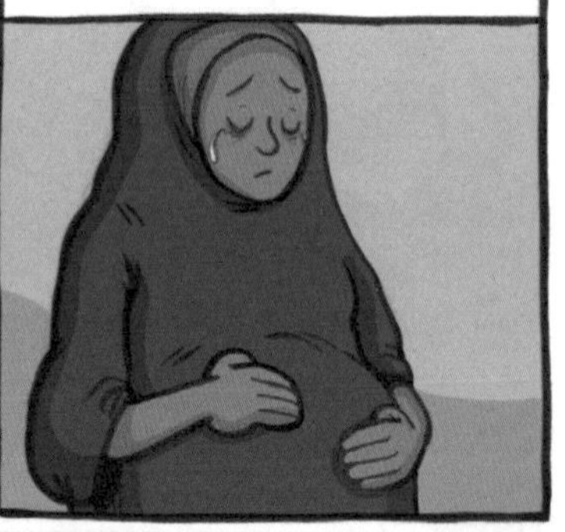
然後，眼前的黑暗彷彿一掃而
空，幾個星期以來，我頭一次
注意到自己以外的人。

瑪麗安，你
的肚子……
你……

要知道，你不是唯一夢想離開這個地方的人。我原本可以拿到前往加拿大的獎學金，更別提現在妮茉就要離開了，留下我在這裡。

而且……萬一這寶寶是個女孩呢？我可以肯定一件事，她絕不會被迫輟學去結婚！我保證！

頓時，憤怒與爭執似乎遠離了我們三個人。

這不公平，歐馬，為什麼有些人可以離開，而我們卻被困在這裡？
我不知道，瑪麗安。
我不知道，我不知道，我不知道。

人生很不公平。
但是我知道……你的女兒會很幸運，因為她有你當她的媽媽。
我回想起多年前傑瑞對我說過的話。我們無法要求自己出生在什麼地方，或者生為什麼樣的人，人生的考驗就是要充分利用自己所擁有的東西。

儘管很多東西我都無法擁有……但是我得到了一樣非常重要的東西。來自其他人的愛是神賜予的禮物，我不應該視之為理所當然。
對不起，哈珊。對不起，瑪麗安。
走吧，我們去找妮茉談談。

我們和妮茉在鞦韆那裡碰面，
重溫過去美好的時光。
那麼，你真的要去加拿大了。

對啊。
瑪麗安，我從來沒想過會自己去。

往好處想，現在你可以把臥室漆成你想要的綠色了。

別開玩笑！這一點都不好笑，
我才不在乎無聊的顏色呢！

我明白，妮茉，
我明白。

這不公平，這一切都不公平。
去的人應該是你，瑪麗安，或者是你，歐馬。
為什麼是**我**？

妮茉，你在加拿大會成就一番大事的，我們相信你。
沒關係，不要擔心我們，我們不會有事的。
一切都會平安無事的。

出於某種原因，向傑瑞道歉比較困難。
就找他談談嘛！

然而每當我鼓起勇氣……

又會臨陣退縮。
傑瑞是我最好的朋友，可是過去幾個星期以來，我一直專注在自己的事情上，從沒想過他的感受。強烈的羞愧感燒灼著我的胸口。
這不是我第一次表現得如此自私。
他為什麼要和我這樣的人繼續做朋友？

在妮茉和她的家人離開的前一晚，住在附近的人到她家和他們道別。

我經常想像，如果我離開達達阿布，肯定會開懷大笑，覺得自己是世界上最開心的人……
但是妮茉家的每個人都在哭。

我第一次真正領悟到，這對妮茉來說有多麼**可怕**。
達達阿布或許是一座難民營，但也是我們唯一熟悉的家。

呼唷！
呼唷！

呼唷！
停下來！
回來！

哈珊！

嘿，哈珊！哈珊！
冷靜點，兄弟，沒事的。

他很高興見到你。
嗯，不知道為
什麼我懂。

傑瑞，
我……
我明白。

對傑瑞來說，我是個糟糕的朋友。沒有
人會想要和我這樣的朋友繼續來往。

但好消息是，我們不是朋友。
我們是兄弟。
而兄弟的特點是，我們不需要言語就能夠了解彼此。

第三部

四年後

這是現在的我。十七歲的我，看起來和十三歲時差不多，
而且很不幸的，甚至沒有長高太多。
傑瑞比我高，
而且高**很多**。
我和傑瑞都通過了 KCPE* 考試，所以我們是 A2 區同年級的學生當中少數上高中的人。我對此感到非常自豪。

所有的街坊鄰居都為我們上高中感到驕傲。
我們有點像當地的名人呢！

* KCPE 是肯亞初等教育證書。學生必須通過漫長而困難的考試才能上高中。

法圖瑪？哈珊？

法圖瑪在睡覺，那代表哈珊肯定是和瑪麗安在一起。

我生火加熱晚餐。

我換下制服。每天晚上我都會清洗制服，才能看起來乾淨平整。
雖然通過了考試，但因為我沒有錢買制服，差點沒辦法讀高中。幸好蘇珊娜．馬丁內斯——那位參觀過我的中學的西班牙籍 UN 工作人員——她聽說我通過 KCPE 的考試後來找我。我想是麥可告訴她的。她知道我沒錢買制服，就買了一套給我。

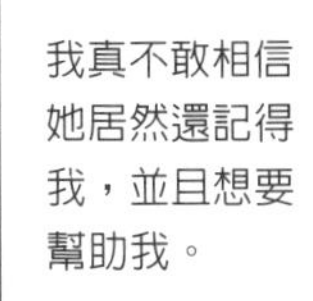
我真不敢相信她居然還記得我，並且想要幫助我。

有時候我覺得法圖瑪說得對——你只要竭盡全力，神自會在你需要時設法提供幫助。

呼唷！
哈珊也……

啊啊啊啊——

長大了。

瑪麗安的肚子也再次變大。

哈珊一如往常，幾乎每天下午都和瑪麗安在一起，最近她尤其感謝有他幫忙。哈珊非常照顧小妮茉，他很喜歡陪她玩。

小妮茉和她名字的由來非常相像。

嗨，歐馬！猜猜我們今天做了什麼？我們一起盪鞦韆！猜猜看還有什麼？我會寫自己的名字了耶！再猜猜還有什麼？我會數到十了喔！

小妮茉年紀還小不能上學，不過瑪麗安已經開始對她進行教育。只要一有空，
瑪麗安依然會學習，甚至還幫一些鄰居女孩完成家庭作業。
我想成為老師的方法不只一種。
聽起來你很聰明呢，
就跟你媽媽一樣。
或許有天她會拿到去加拿大的獎學金呢。
瑪麗安看起來很自豪……
但是同時也有點遺憾。
你有聽說前幾天妮茉他們家從加拿大打電話來嗎？市場的阿里告訴我，
她媽媽在電話線上，所以我有機會和妮茉聊上幾分鐘。
妮茉說要一直講英文真的很困難，而且在她住的鎮上
只有少數幾個索馬利亞家庭。
她還說加拿大不是每個人都很有錢，那裡的生活
並沒有想像中那麼輕鬆，還有些人露宿街頭。
她甚至說她想念達達阿布這裡
的食物呢，你能相信嗎？
不能。

很難想像有人會懷念在難民營的生活。
然而，這是我稱之為家的地方。

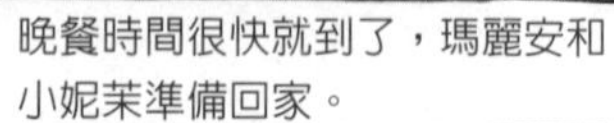
晚餐時間很快就到了，瑪麗安和小妮茉準備回家。

歐馬，拜拜！
哈珊，拜拜！
我愛你們！

我把晚餐加熱，在準備好以後才叫醒法圖瑪。

法圖瑪是唯一一個身材沒有成長的人，事實上，她似乎還萎縮了。

在她想到自己該吃點什麼之前，
會先確保那些山羊有水喝。
那些羊的體型也在縮水，因為最近沒有太多草可以吃。現在營地越來越大，也越來越擁擠，像木柴、青草這類的資源也就越難找到。法圖瑪總是為牠們而煩惱擔心。

每天晚上傑瑞在確認過他媽媽和弟弟、妹妹的狀況後，幾乎都會過來念書。不過他爸爸很少出現在附近，所以他不必擔心這點。

上高中後，我們有很多家庭作業。傑瑞分享他的燈，而我則分享帳篷中的寧靜。

當然，「寧靜」是指相對來說。
哈珊！兄弟！我們明天要交一篇很重要的作文，所以安靜一點好嗎？

這篇作文是英文課的作業。我感覺在上學的這些日子裡，似乎寫了二十次同樣的文章。

身爲難民意味著什麼

天哪，老師就不能多一點創意嗎？

身為難民就意味著沒有家。我是索馬利亞人，卻沒有辦法回索馬利亞，也不能留在肯亞這裡，這讓人進退兩難。

身為難民意味著……

身為難民，意味著我得一直為我弟弟擔心。他需要醫療，可是這裡的醫生無法阻止他的病情發作。他已經有一段時間沒有病發……但是誰知道下次什麼時候會發作？

身為難民，讓我擔心法圖瑪。在我還小的時候，從來沒想過……她為什麼總是如此沉默？她看起來老是非常擔憂焦慮，就好像一直想著令她煩心的事情。

身為難民，我擔心自己的未來。要是沒辦法工作，我要怎麼養活家人？法圖瑪的身體越來越虛弱，我怎麼有辦法一邊照顧她和弟弟，一邊賺錢？

身為難民，意味著你實際上並沒有未來可言。

我希望和平降臨索馬利亞，這樣我就能回去家鄉，好好照顧家人。

是啊，和平與愛。老師向來喜歡我們寫到和平與愛。

隨著每一天過去，我離高中畢業就更近一步……這讓我很害怕。
我喜歡學習，我不想停止。

儘管我們寫了那麼多長大後想做什麼的文章……
到現在我還不知道自己能不能找到工作。

如果找不到工作……我要做什麼來打發時間？

我開始看到以前的一些同學在市場的恰特草攤子附近鬼混，例如高阿里。

雖然不好意思承認，但我有時候也可以了解恰特草的吸引力。當人們在受苦，自己卻無能為力時……你只想忘記。

有時我覺得待在這個地方令我絕望透頂，認為自己再也無法承受這一切。

我很慶幸有傑瑞在。至少我們一起在這裡，
我們總是互相支持。

不──

法圖瑪！
怎麼了？

牠肚子餓了，但我沒
有食物可以餵牠。
在難民營生活了這麼多年，我從沒看法圖瑪哭過。如今她哭了……為了一頭羊。

要是我當個好媽媽……要是我好好照顧牠……
牠這麼天真可愛，不應該死的。
她抱著羊寶寶坐在那裡好久，看起來就像她以前抱著我和哈珊一樣。

哭泣、死去的羊寶寶……
太多的悲傷……
這一切令哈珊承受不了。

哈珊！
別跑，回來！

你去追哈珊，這裡就交給我吧。

哈珊已經很久沒有像這樣跑走了。在他還小的時候，要找到他並不難，但是現在他長大了，跑得比以前快。

哈珊！
不好意思，借過。
哈珊！

我找了好幾個小時。哈珊失蹤的消息傳了開來，所有的鄰居都出來幫忙找。

他……他喜歡到市場去餵驢子，也有可能是在建築坑，或者在……

不行，外面那片荒郊野外太暗、太危險了。他獨自一個人在那裡……
可能遇見各種危險的動物……或是人。

歐馬，天色太黑了，我們得等到早上才能繼續搜尋。

自從來到這座難民營，大家就一直叫我等。
等待戰爭結束、等待被重新安置、等待母親的消息……
今晚，我受夠了等待。

我要去找我弟弟。

我不停的走著。

天快亮的時候，我走到了下一個營地——達伽哈萊難民營。

我詢問遇見的每一個人有沒有看到我弟弟。

不過運氣不佳。

達伽哈萊和伊福營地很像，一大家子的人一起住在小小的帳篷裡、排著長長的隊伍等待取水、同樣的擴音器一天五次召喚所有人禮拜。和我們一模一樣。
在這人山人海、無窮無盡的難民當中，我開始感到絕望。
有好多的我們，成千上萬的我們，數也數不清。
我們之中誰有希望找到正在尋找的東西呢？
正在找弟弟的年輕人請注意。

你弟弟在這裡，他平安無事。
請到市場裡的水果攤來。
再說一次，正在找弟弟的年輕人請注意，他平安無事，人就在這裡。
我的……我在找……他在這裡嗎？
啊，你就是那個正在找弟弟的年輕人吧。跟我來，他在我家裡，很安全。
我昨天半夜遇見你弟弟，他在市場走來走去。他沒辦法告訴我他的名字或是他從哪裡來，不過我想會有人來找他。然後今天早上，鄰居告訴我有個年輕人正在找弟弟，我猜那就是你。
現在我太太在照顧他……

穆妮拉，有客人來了。

我以為我失去你了。

不過我並沒有失去他，我們仍然擁有彼此。

請和我們一起喝點茶。
有時候，當生活感覺好像陷入谷底……

這是我的女兒，莎茹拉。

神會提供你答案，你會找到走出黑暗的道路。

陌生人的好意。來自新朋友的希望。

難民營裡的生活總是一成不變……
但也會有例外的時候。

有時候生活可以在瞬間改變，只是你永遠無法確定這樣的改變是好還是壞。

哈囉，
薩蘭。
嗨，傑瑞。
嗨，瑪麗安。
蘇珊娜？你為什麼在這裡？

法圖瑪，我不明白，大家都在這裡是因為哈珊回來了嗎？

不是的，歐馬，大家都在這裡是因為你們要**離開**了。你們的名字出現在 UN 的名單上。你們要回去接受第二次面談……被重新安置到美國。

第十五章

有很長一段時間……我不相信這是真的。我浪費了幾個月、甚至幾年的生命一直等待著，希望被重新安置到別的國家。
但即使在難民營裡，我的命運仍掌握在自己手中。我不要再浪費片刻的生命去希冀不可能的事。

因此我每天繼續上學。
繼續取水。
繼續全心照顧我的家人。

直到面談的前一天。
你想要再排練一下你的故事嗎？
不用了。如果我到現在還不知道自己的人生故事，那我就永遠都不會知道了。

嗯，我們最好早點出發，我想我們應該又得露宿一晚。你現在走路更不方便了，如果我們在接下來的一、兩個小時內出發，就會有充分的時間在途中休息……
歐馬，我現在老了，沒辦法再走那麼遠的路了。
什麼？呃……你應該早點告訴我的。也許我可以問問市場的阿里，看能不能跟他借推車和驢子……
不用了，恐怕這次你們得自己去。況且，你馬上就要十八歲了，不再是個小孩子，不需要監護人陪著你。
嗯，是沒錯……但你是我們的**監護人**，UN 的人也會需要和你面談。
跟我們一起去。
一起去美國。

歐馬，就像我剛才說的，
你不再是個小孩子了。

可是……上次面談時你就跟我們在一起呀！

他們有問我任何問題嗎？或者詢問我過去的經歷？都沒有。因為我和你們沒有血緣關係，我不能和你們一起去美國。

歐馬，這是你和哈珊的事——
一直都是你和哈珊兩個人的事。
但……

雖然我已經快要十八歲了，依然像小時候那樣坐下來哭泣。

我覺得自己好天真，竟然沒看到就在眼前的事實。
那我不要去了。
法圖瑪，我不要離開你！

歐馬，或許聯合國的人說我是你們的監護人……但我覺得自己就像你們的母親。
母親都希望孩子繼續前進，過著比她自己更好的生活。這就是母愛。
所以呀，歐馬，如果你愛我……
就離開我吧，你一定要離開。

一切都會平安
無事的。

於是我和弟弟單獨前去。

我們再次來到 UN 辦公室。面試官和上次的不同，不過也許他們有親戚關係，因為他們似乎同樣不會微笑……

儘管哈珊已經盡了最大的努力。

現在我的英文講得夠好了，所以不需要口譯員，可以自己表達。

我們回來接受另
一次面談。
再一次。
又一次。

我有一大堆表格要填寫。蘇珊娜·馬丁內斯協助我填資料，避免我出錯。
任何一點小錯，都可能導致申請遭到拒絕。
整個過程漫長又艱辛，不過
我並不緊張，反而很平靜。

聯合國或許可以決定我要離開或留下……但是唯有**我**能決定要怎麼過自己的生活。
因此在等待 UN 回音的那幾個月中，
我繼續上學，努力學習。
當我高中畢業時，人群中滿滿都是愛我、支持我的人。
無論未來發生什麼事，我都是個幸運兒。

第十六章

經過這麼多次面談、這麼多年的等待……
而聯合國用一只信封就傳遞了你的命運。
是的，你將會被重新安置到新的國家，
或者——**不**，你的申請遭到拒絕。
今天是我和哈珊收到信封的日子。

我們提早抵達 UN 辦公室。
蘇珊娜在外面迎接我們。
你會緊張嗎？

我努力保持冷靜的看待我們的
機會，可是今天……
會呀，我非常非常的緊張。

呼唷！
呼唷！
你知道嗎？這麼多年以來，
我只聽過哈珊發出這個音。
我很納悶那是什麼意思……
我太過驚訝，一時忘記了緊張。

可是……我以為你知道。「呼唷」不是個音，而是一個詞，是索馬利亞語的詞彙。那是哈珊唯一會說的詞語。
呼唷！
「呼唷」的意思是「媽媽」。
但……我不明白，經過了這麼多年，你們的母親……
經過這麼多年……或許他還希望我們能夠找到她。
然而，我不知道這是不是事實。
也許**我**才是唯一還抱著希望，認為我們能夠找到她的人。
如果我們去了美國，如果我們離開非洲……那這個希望又會變得如何？

辦公室門開了，
你們該進去了。
祝你們兩
個好運。

可是我們不需要好運。我們已經盡了全力，現在一切都掌控在神的手中。

大家都說拿到厚信封是好事，那表示你有更多的文件表格要填。薄信封就代表被拒絕。

UNHCR
The UN Refugee Agency

有很多其他家庭和我們一起等候，他們的名字一一被叫到，有些拿到薄信封，有些拿到厚的，不管怎樣，大多數等候的人都哭了。

歐馬·穆罕默德、
哈珊·穆罕默德。
輪到我們了。

我們站了起來。我和哈珊走向 UN 官員，一步一步的前進。

我是歐馬．穆罕默德，
這位是我弟弟哈珊。

信封很厚。

（撕——撕——撕開）

歐馬．穆罕默德
哈珊．穆罕默德
你們被選中到美國定居。

第十七章
接下來幾個月過得恍恍惚惚，有一連串的安全檢查，
身體檢查，
還有身分證明文件。
閃光

我們的案子隨時都可能遭到駁回，不過我們非常幸運。
經過多年的等待，一切都進行得非常迅速，才過幾個月，就到了告別的時候。

高薩蘭。
我有個禮物要送給你。
這個瓶子裡裝滿了達達阿布的沙子，祝你的未來像沙漠裡的沙子和天空中的星星一樣有數不盡的幸福。

沒有人選擇成為難民。
小時候離開索馬利亞也
不是我自己的選擇。
如今我選擇了離開
達達阿布。
離開達達阿布似乎是顯
而易見的選擇……
那為什麼離開卻如此困難呢？

我向我的家道別。
這給你。

還有家人。
呼唷！

沒問題。
一切都會平安無事的。

我告別了父親的幽魂。

以及找到母親的希望。

呼唷。

我想到了這個詞語——哈珊唯一說過的詞語。
我已經不記得自己上一次說出口是什麼時候了。

呼唷。媽媽。

在難民營裡，你總是會想起自己失去的東西。要不把注意力放在**失去**的東西上，
而專注於你所**獲得**的，就像是一場需要勇氣、充滿煎熬的鬥爭。

多年前，我們失去了母親。
然而，或許她並沒有離開。
她存在於圍繞著我們的愛及關心我們的人之中。

也許她就在我們腳下的沙子裡。
所以，或許我們並沒有拋下我們的母親。或許她永遠和我們同在，即使到美國也一樣。
在離開這個家的時候，我只想到一句話要對哈珊說。

呼唷。

〈星之詩〉
作者：瑪麗安・法拉
JOMO KENYA
TERMINA
那些迷失的人，
仰賴星星指引他們回家。

索馬利亞，我們的家鄉，
國旗上有一顆星和一幅背景。
但我們並非孤星，而是千千萬萬顆星子；
我們並非一幅背景，而是千千萬萬幅背景。

那些不知情的雙眼，只看見星子散布在夜空中，
或明或暗散落於宇宙之中。
C1-C22
DUTY FREE

然而，星星並非迷失了。
C12
星星形成了圖案，形成了星座。
只要懂得如何觀察，你將發現星星當中編織了許多故事。

讓自己像顆星星吧。
散發你的光芒，閃耀你的故事。
因為故事將指引我們回家。

對我而言，前幾年像
是迷失了一般。
但願在美國，我和哈珊
將會找到自己的路。

法圖瑪、哈珊、歐馬，攝於 2008 年離開達達阿布前。

哈珊、歐馬，攝於2008年離開達達阿布前。

亞利桑那大學畢業典禮。

歐馬最近一次回到達達阿布。照片中為歐馬、哈珊、他們的母親，以及歐馬的兩個孩子。

NBA

Refugee Strong 分發學習用品給達達阿布的學生。

【後記】
漫長的回家之路

歐馬與哈珊在 2009 年 1 月離開達達阿布，抵達美國。他們被重新安置在亞利桑那州，定居於土桑市，一起住在一房一廳的公寓裡。土桑市的街道寧靜而空蕩，看不到有人在外面走動令人很不安。四個月後，歐馬找到了他的第一份工作，在一間豪華度假村當泳池服務員。泳池裡有滑水道和漂浮籃球框，包括老虎伍茲和布希總統都曾在此處下榻。經歷過達達阿布的生活之後，看到如此奢華的景象讓人感覺非常不可思議。

美國的醫生開的藥能夠有效控制哈珊的癲癇，並幫助他在夜裡安睡。哈珊開始去土桑市的成人照顧中心上課，歐馬也繼續他的學業，並在一年後進入亞利桑那大學就讀，主修國際發展，並特別著重於非洲的發展。他於 2014 年畢業，同年他和哈珊成為美國公民。

在這段期間，歐馬一直和達達阿布的一位老朋友保持聯繫，那就是莎茹拉。之前哈珊跑到達伽哈萊營地時，她的家人幫忙照顧他。莎茹拉一家也被重新安置到美國的賓州定居。後來莎茹拉搬到亞利桑那州，與歐馬結婚，兩人擁有自己的家庭。2015 年，為了離莎茹拉的家人更近，歐馬接受了賓州蘭卡斯特市基督教會世界服務社的職務，擔任重新安置個案經理，也終於如願成為社工。哈珊和歐馬、莎茹拉一起住在賓州，幫忙照顧他們年幼的五個孩子。

這段日子以來，歐馬始終沒有放棄那似乎不可能實現的夢想——找到母親。在 1991 年索馬利亞爆發內戰時，家人離散是很常見的事。無論當時是在工作、在學校，或是在市場裡，成年人和兒童同樣被迫拋下一切逃離。家人要重聚可能得花上幾個月、甚至幾年的時間，而且通常是靠口耳相傳。擔任重新安置個案經理，讓歐馬認識許多剛從達達阿布和肯亞其他難民營來到美國的人。他詢問每個剛來的人是否聽過來自馬里雷的一位婦人，她失去了丈夫和兩個兒子。

2014 年，一位名叫哈娃．阿里的婦人來到伊福營地，找尋她的兩個兒子。多年前有人告訴她那兩個男孩已經死了，但是她從未停止尋找。鄰居指引她來到法圖瑪的帳篷，法圖瑪拿歐馬和哈珊的照片給她看。那是哈娃二十三年來頭一次見到她的兒子。

2017 年，歐馬和哈珊總算能夠回到肯亞與他們的母親重聚。哈娃仍在達達阿布和肯亞的幾個難民營間生活著，而歐馬正努力設法取得文件，好讓她能夠前往美國跟兒子團聚。目前（2019 年）針對在索馬利亞出生者的旅遊限制，使他們的母親無法馬上和他們團圓，不過這家人已經習慣了等待，他們對未來滿懷希望。

據聯合國估計，2019 年全世界有將近七千一百萬人被迫遠離家園，大多數流離失所的人都來自開發中國家。你可以上聯合國難民署的網站 www.unhcr.org，了解全球性的難民危機。美國許多城鎮與都市都有非營利組織和機構，可以幫助初到美國的人在新家安頓下來。你可以常常捐贈衣物、學習用品或居家用品給所在社區的難民家庭。

歐馬創建了名為 Refugee Strong 的專案計畫，每年安排義工前往達達阿布一到兩次。他利用一整年募集到的資金，購買書本、鉛筆和燈給學生。Refugee Strong 同時致力於幫助女孩繼續學業，提供她們經期衛生用品，以及建造女生廁所——這是阻礙女孩上課的兩大絆腳石。

若你對 Refugee Strong 的專案計畫感興趣，

請上 www.refugeestrong.org 了解更多的資訊。

【關於作者】
歐馬．穆罕默德

我出生在索馬利亞，四歲時和弟弟哈珊一起逃到肯亞的達達阿布難民營，在那裡度過之後的十五年。由於難民禁止離開營地，因此住在達達阿布的難民稱那裡為「開放的監獄」。儘管在難民營裡生活艱困，我還是在達達阿布完成了小學和中學的學業。

說起在難民營的日子，就不能不提到一位影響我人生最大的人，她的名字是蘇珊娜．馬丁內斯，她為聯合國難民署的社區服務專案工作。蘇珊娜從未停止照看我和我弟弟，每次只要到營地總是會來找我們。在聽說蘇珊娜要調任孟加拉

時，我和哈珊都非常失望。蘇珊娜到了孟加拉後，請達達阿布的重新安置機構持續注意我們的情況，他們才終於向我們伸出援手。我完全相信是她塑造了今天的我，沒有她，我可能不會被重新安置，甚至無法讀完高中。我感謝蘇珊娜的好意，而我也會持續幫助其他人，如同蘇珊娜對我和哈珊那樣提供支援。

我和我太太莎茹拉，以及我們的五個孩子，仍住在賓州蘭卡斯特市附近的社區，許多達達阿布難民的家園都被重新安置在這裡。哈珊也和我們住在一起，幫忙照料孩子們。他還在上成人教育課程，而他在美國接受的醫療控制了癲癇發作，同時讓他在夜裡睡得比較安穩。我們經常和母親、法圖瑪，以及其他仍住在達達阿布的親朋好友聯繫，只要有機會就去探望他們。

我一直想寫一本書，讓別人了解我在難民時期的經歷。在我認識維多莉亞時，就已經開始起草我的故事了。從我初次見到維多莉亞的那一刻，就覺得可以信任她，與她一起創作我的故事。讓我非常佩服的是，儘管我每天生活忙碌，她仍然堅持全心投入和我一起工作，這也導致她不得不利用我上班的午休時間與我聯繫，以及在深夜或清晨到我家，並利用簡訊、電話、臉書和其他創新的溝通管道。

目前我在基督教會世界服務社的職責，是從難民抵達美國的第一天開始提供協助，根據美國國務院的指導方針來幫助他們自力更生。看著我協助重新安頓的那些人得到成功，總是激勵並鼓舞著我。

我同時也創建了名為 Refugee Strong 的專案計畫，致力於改善並讓難民營裡所有的孩子接受教育。過去這幾年，我曾回達達阿布兩次，在學校裡擔任志願指導者。藉由蘭卡斯特基督教會世界服務社及大蘭卡斯特特區的幫助，Refugee Strong 得以提供學習用品給那些負擔不起的學生。正因為我在達達阿布長大，所以成為持續支持那些仍生活在世界各地的難民營裡的人。

支持難民、讓他們能夠自主，是幫助他們不僅在難民營，同時在新的社區也能獲得成功的重要關鍵。沒有人選擇成為難民，離開家鄉、國家與家人。在這世上，我最不想要的就是當個難民。我一直努力克服身為難民的種種挑戰，但是我之所以能夠做到這點，都是因為有聯合國難民署、救助兒童會、世界糧食計畫署、國際關懷組織、基督教會世界服務社、蘭卡斯特伊斯蘭社區中心、賓州難民移民中心、DSAK 基金會的工作人員的幫助。我還要謝謝我在亞利桑那大學的導師達瓦納．福斯特。我也很感激加弗一家人，他們與我和我的家人變得非常親密。感謝一路以來幫助和支持我的所有人和組織。

我想要謝謝我的妻子莎茹拉，感謝她所有的支持。她是個非常有耐心與愛心的母親和妻子。她對哈珊的愛與關懷，在他倆之間建立起顯著的羈絆，這對我來說是附加的幸事。

在閱讀這本書的過程中，希望你能了解到一件事，就是永遠不要放棄希望。在難民營裡，信念給了我們勇氣，讓我們保有耐心，永不失去希望。有些事情也許看似不可能，但只要你不斷的努力並相信自己，就能克服任何阻礙。希望我的故事能夠激勵你始終堅持不懈。

【關於作者】
維多莉亞・傑米森

《那些散落的星星》的種子初次栽植在我的生命中是在 2016 年。我周遭的世界似乎越來越混亂，新聞裡充斥著敘利亞難民逃離家園的相關報導。我想要更深入了解這個問題，於是開始在社區的非營利組織擔任義工，到機場迎接剛抵達的難民家庭，之後又擔任生活輔導員。

我開始思忖是否可以利用自己圖像小說家的背景來做點什麼。我喜愛圖像小說，因為那是一種非常迷人而舒適的閱讀體驗。而閱讀一本描寫難民生活的圖像小說會是什麼樣的感受呢？當我透過歐馬在基督教會世界服務社的工作認識他的時候，他已經著手在寫一本以成年人為目標讀者的回憶錄，正在尋找共同作者。我告訴他成年人的讀物不是我擅長的領域，問他是否考慮將自己的故事寫成童書。我們坐下來討論這本書可能的樣貌，最後《那些散落的星星》成為了答案。

這是歐馬的故事，我在改編成圖像小說時儘可能減少更動。在創作過程的每一步當中，我的首要任務是確保忠於他的回憶和經歷。為了寫這本書，我和歐馬每隔幾個星期就會見一次面，他會告訴我他人生故事的另一篇章。之後我會寫成文章寄給他，我們再見面討論細節。最後，我開始添加草圖，將故事設定成圖像小說的格式。在虛構故事中的人物如妮茱和瑪麗安時，我是根據歐馬的回憶和我自己的研究來創造。我非常感激歐馬有勇氣與意願來和青少年讀者分享他的故

事。他將這項任務託付給我，我感到非常榮幸且受寵若驚。創作這本書最幸運的是認識了歐馬和他的家人，以及我們的著色家伊曼．蓋迪。身為圖像小說家，我習慣了講述故事，但是與歐馬、伊曼共同創作這本書，讓我明白傾聽故事同樣的重要。

我也感謝青少年讀者願意拿起這本書，閱讀別人的經歷。也許歐馬的故事和你自己的故事相似，或是與你家中或鎮上某人的故事類似，當然也可能與你以前認識的人截然不同。我想為你們寫這本書，是因為我知道年輕人最富有同情心，而且心胸開闊，你們有能力真正帶來改變。我希望你們去看看歐馬的網站，想想可以讓學校或社區參與其中的辦法，幫助成千上萬仍在難民營裡生活、上學的孩子，或是幫助剛搬到你們城鎮裡的難民家庭。

最後，我希望你們能夠受到鼓舞去跟不熟悉的人交談，也許是剛轉到你學校的孩子，或是剛搬到附近的家庭，或者是這些年來你看過卻從未說過話的孩子。試著和他們交談，詢問他們的名字、來自哪裡、喜歡吃什麼樣的食物、喜歡看什麼電視節目。在和陌生人交談時，總能聽到一些令人驚訝的故事。

少年天下系列 —— 081

那些散落的星星

作　　者｜維多莉亞・傑米森（Victoria Jamieson）、
歐馬・穆罕默德（Omar Mohamed）
譯　　者｜黃意然

責任編輯｜李幼婷
特約編輯｜黃慧文
封面設計｜DIDI
版型設計｜林子晴
行銷企劃｜葉怡伶、張家綺

天下雜誌群創辦人｜殷允芃
董事長兼執行長｜何琦瑜
媒體暨產品事業群
總經理｜游玉雪
副總經理｜林彥傑
總編輯｜林欣靜
行銷總監｜林育菁
副總監｜李幼婷
版權主任｜何晨瑋、黃微真

出版者｜親子天下股份有限公司
地址｜臺北市104建國北路一段96號4樓
電話｜（02）2509-2800　傳真｜（02）2509-2462
網址｜www.parenting.com.tw
讀者服務專線｜（02）2662-0332　週一～週五：09:00~17:30
讀者服務傳真｜（02）2662-6048　客服信箱｜parenting@cw.com.tw
法律顧問｜台英國際商務法律事務所・羅明通律師
製版印刷｜中原造像股份有限公司
總經銷｜大和圖書有限公司　電話：（02）8990-2588

出版日期｜2022年12月第一版第一次印行
2024年 9 月第一版第八次印行
定　　價｜420元
書　　號｜BKKNF074P
I S B N｜978-626-305-348-9

訂購服務 ——
親子天下 Shopping｜shopping.parenting.com.tw
海外・大量訂購｜parenting@cw.com.tw
書香花園｜臺北市建國北路二段6巷11號　電話（02）2506-1635
劃撥帳號｜50331356　親子天下股份有限公司

國家圖書館出版品預行編目(CIP)資料

那些散落的星星 / 維多莉亞・傑米森(Victoria Jamieson), 歐馬・穆罕默德(Omar Mohamed)文 ; 黃意然譯. -- 第一版. -- 臺北市 : 親子天下股份有限公司, 2022.12
264面 ;14.8X21公分. -- (少年天下 ; 081)

譯自 : When stars are scattered
ISBN 978-626-305-348-9(平裝)

874.59　　111016423

This edition published by arrangement with Dial Books for Young Readers, an imprint of Penguin Publishing Group, a division of Penguin Random House LLC.

立即購買 >